Alfred Wallon

FLAMMEN ÜBER ARIZONA

HISTORISCHE WESTERN-REIHE „DAS GESETZ DES WESTENS"

EK-2 MILITÄR

Ihre Zufriedenheit ist unser Ziel!

Liebe Leser, liebe Leserinnen,

zunächst möchten wir uns herzlich bei Ihnen dafür bedanken, dass Sie dieses Buch erworben haben. Wir sind ein kleines Familienunternehmen aus Duisburg und freuen uns riesig über jeden einzelnen Verkauf!

Mit unserem Label *EK-2 Militär* möchten wir militärische und militärgeschichtliche, sowie historische Themen sichtbarer machen und Leserinnen und Leser begeistern.

Vor allem aber möchten wir, dass jedes unserer Bücher **Ihnen ein einzigartiges und erfreuliches Leseerlebnis** bietet. Daher liegt uns Ihre Meinung ganz besonders am Herzen!

Wir freuen uns über Ihr Feedback zu unserem Buch. Haben Sie Anmerkungen? Kritik? Bitte lassen Sie es uns wissen. Ihre Rückmeldung ist wertvoll für uns, damit wir in Zukunft noch bessere Bücher für Sie machen können.

Schreiben Sie uns: info@ek2-publishing.com

Nun wünschen wir Ihnen ein angenehmes Leseerlebnis!

Ihr Team von EK-2 Publishing

Flammen über Arizona
von Alfred Wallon

Gedrungene Körper huschten durch das kniehohe Präriegras. Von Hass erfüllte Augen richteten sich auf die kleine Farm, die sich im Licht des fahlen Mondes unten im Tal abzeichnete.

Niemand der Bewohner ahnte, dass in den nächsten Minuten der Tod seine knöchernen Finger ausstrecken würde. Niemand ahnte, dass die breitschultrigen Gestalten mit den blauschwarzen Haaren Rache und Vergeltung suchten. Tod den Weißen, den Landräubern, die in die Apacheria gekommen waren!

Einer der Krieger stieß den kläffenden Ruf eines Coyoten aus, bevor er sich erhob und in die Runde blickte. Seine scharfen Augen erkannten schemenhafte Gestalten, die durch das Gras schlichen.

Langsam kam Nebel auf und benetzte das Gras, bis es feucht wurde. Morgendämmerung, die Stunde der Apachen! Dies war die Zeit, wo der Schlaf am tiefsten und die Träume am süßesten waren.

Der Krieger huschte lautlos durch das Gras. Niemand hörte und sah ihn. Er war eins mit der Wildnis, in der er lebte und die sein Zuhause war. Er würde sie bis aufs Blut verteidigen.

Hass stand in den schwarzen Augen geschrieben, als er seine Kriegslanze umklammerte. Die Weißen mussten sterben, denn sie waren Eindringlinge im Land, das dem roten Mann gehörte!

Ein tödlicher Kreis umgab die kleine Farm. Nebel verbarg die gedrungenen Gestalten, die jetzt bis auf wenige Yards an die Farm herangekommen waren.

Sie waren zu allem entschlossen. An diesem Morgen war der Tod auf die Morrison-Farm gekommen, und er kam still und heimlich …

*

Draußen pfiff der Wind und zerrte an den hölzernen Fensterläden. In der Ferne heulte einsam ein Coyote. Ben Morrison wachte von einer Sekunde zur anderen auf und lauschte in die Nacht.

„Was hast du, Ben?", fragte ihn seine Frau Sarah, die von Bens hastigen Bewegungen ebenfalls aufgeschreckt war. „Warum schläfst du nicht weiter?"

Der grauhaarige Farmer winkte ab und lauschte nochmals.

Und da hörte er es wieder. Das kurze bellende Kläffen, das neben dem Pfeifen des Windes an seine Ohren klang.

Ben Morrison machte nicht viele Worte, sondern stand einfach auf. Staunend sah ihm seine Frau zu, wie er in seine abgewetzten Hosen fuhr und sich das verwaschene Baumwollhemd überstreifte.

„Ich werde mal rausgehen, Sarah", sagte er. „Ich muss nach dem Rechten sehen."

Sarah Morrison wurde bleich. Sie ahnte die Gedanken ihres Mannes, wagte sie aber nicht auszusprechen.

„Bleib hier, Ben", flüsterte sie mit leiser Stimme. „Hier im Haus bist du sicher."

„Das ist unser Land", unterbrach sie Morrison heftig, „und ich werde es gegen alles verteidigen, gegen Coyoten und Apachen!"

Nun war es heraus. Das Wort, das Sarah Morrison schon gefürchtet hatte, und das in diesem Landstrich von Arizona die Menschen in Angst und Schrecken versetzte. Apachen! Chiricahuas! Die Farmersfrau erinnerte sich an die Worte des Lieutenants aus Tucson, der sie beide gewarnt hatte, hier draußen zu bleiben.

In der Apacheria gärte es seit Wochen, und es war zu gefährlich, auf dieser einsamen Farm zu bleiben. Marodierende Kriegerbanden machten seit vielen Wochen das Land unsicher und überfielen weiße Farmen. Die Fackel des Krieges hatte sich entzündet.

All das ging Sarah Morrison in Sekundenschnelle durch den Kopf, während sie zusah, wie sich ihr Mann die abgegriffene Winchester nahm, die über dem Kaminsims hing. Der grauhaarige Farmer klemmte sich die Waffe unter den Arm und steckte auch eine Handvoll Patronen mit ein.

„Ich bin bald wieder zurück, Sarah", sagte er leise. „Du darfst erst wieder öffnen, wenn du mich draußen hörst, hast du das verstanden?"

Sarah hielt es nicht mehr in ihrem Bett zurück. Sie eilte auf ihren Mann zu und schlang die Arme heftig um ihn, während Tränen über ihr Gesicht liefen.

„Sie werden nur plündern wollen, Ben", versuchte sie es noch einmal. „Lass sie doch im Stall ein Maultier oder eine Kuh mitnehmen. Hauptsache sie verschwinden wieder."

Sarah Morrison glaubte selbst nicht an das, was sie von sich gab, aber irgendwie schien sie noch zu hoffen, dass Ben hier im Haus blieb.

Der Farmer befreite sich aus den Armen seiner Frau und ging schweren Schrittes zur Tür. Dann drehte er sich noch einmal um.

„Schließ die Tür hinter mir und verriegele sie, Sarah", bat er. „Und wenn ich nicht mehr zurück komme, dann weißt du, was du zu tun hast. Mary darf nicht in die Hände dieser Bestien fallen."

Beim Gedanken an seine kleine neunjährige Tochter wurde Morrisons Stimme weicher, aber seine Entscheidung stand fest. Er musste hinaus gehen und nachsehen. Wenn es wirklich Chiricahuas waren, dann würden sie sich nicht nur mit Vieh begnügen. Und er würde um das Leben seiner Familie kämpfen!

Langsam öffnete er die Tür einen Spalt weit und glitt hinaus in die Nacht. Augenblicke später verstummten seine Schritte. Sarah schob den Querbalken vor und betete leise, während in der Ferne wieder das Heulen eines Kojoten erklang. Und der Wind pfiff immer noch …

*

Ben Morrison hastete geduckt vom Eingang seines Hauses weg. Augenblicke später erreichte er den Zaun, der den kleinen Corral umgab. Seine beiden Tiere schienen irgendwie nervös zu sein. Eines der Pferde stieß ein aufgeregtes Wiehern aus.

Der Farmer hob die Winchester an und spähte hinaus in die Nacht. Er versuchte, im dämmrigen Zwielicht, das allmählich der Morgendämmerung wich, etwas Verdächtiges zu erkennen, aber nach wie vor blieb alles still.

Und doch wusste Ben Morrison, dass sie da waren. Die Pferde hatten sie schon gewittert, und das war ein sicheres Zeichen. Der Farmer krampfte die Fäuste unwillkürlich fester um den Schaft seines Gewehres. Er hatte schon viel von den Grausamkeiten der Chiricahuas gehört, und er hatte genau gewusst, was es hieß, am Rande des Apachenlandes zu siedeln. Einer seiner Nachbarn, die Carson-Familie, war erst letzte Woche von einem Trupp indianischer Mörder umgebracht worden. Die Farm hatten sie niedergebrannt und das Vieh gestohlen. Und Willy, den kleinen Sohn der Carsons, hatten sie mitgenommen!

Trotz all dieser Umstände hatte es Ben Morrison abgelehnt, mit seiner Familie die Farm zu verlassen. Das Land war seine Existenz, und er hatte sich geschworen, es nicht aufzugeben. Immer wieder hoffte er, dass die Auswirkungen des bevorstehenden Krieges an ihm vorbeigingen. Jetzt wusste er, dass es soweit war!

Morrison wandte den Kopf, als er drüben am Stall ein leises Geräusch vernahm. Hatte sich dort jemand am Tor zu schaffen gemacht? Der Farmer hob den Lauf der Winchester an. Er wusste, dass sie zunächst im Stall nachsehen würden, denn dort waren seine Kühe.

Und dann sah Ben Morrison den breitschultrigen Schatten, der ganz plötzlich aus dem Nichts aufzutauchen schien. Ein schriller und zugleich markerschütternder Schrei lähmte seine Sinne. Noch bevor er den Stecher der Winchester durchziehen konnte, traf ihn etwas am Kopf. Ein zuckender

Schmerz durchfuhr ihn, der sein weiteres Denken von einer Sekunde zur anderen auslöschte. Als er auf dem staubigen Boden vor dem Corral aufschlug, war er schon tot. Blut lief ihm die Stirn herunter, aber das spürte er schon nicht mehr.

Der breitschultrige, stämmige Chiricahua-Krieger warf nur einen kurzen Blick auf den getöteten Weißen, dann wandte er sich ab. Seine Augen glitten hinüber zu dem kleinen Farmhaus, hinter dem sich nun die ersten Strahlen der wärmenden Sonne abzeichneten. Diese Stunde, zwischen Nacht und Morgengrauen, das war die Stunde der Apachen.

*

„Mamy, was war das für ein Schrei?"

Sarah Morrison fuhr erschrocken herum. Im Eingang des Nachbarraums stand die kleine Mary. Ihre Augen waren vor Angst aufgerissen und man sah, dass sie in ihrem dünnen Nachthemdchen fror.

„Wo ist Daddy?"

Die Frage des Mädchens klang nun schon fast wie ein Hilfeschrei. Sarah Morrison hatte den Kriegsschrei des Indianers gehört, und sie spürte, dass ihr Mann nicht mehr zu ihr zurückkommen würde.

In ihren Augen glitzerten Tränen, aber es blieb keine Zeit mehr zum Weinen. Jetzt musste sie vor allen Dingen das Versprechen einlösen, das sie Ben gegeben hatte.

Rasch eilte sie auf Mary zu und hob sie hoch. Ihre Arme schlossen sich um das kleine Mädchen, das seine Mutter mit fragenden Blicken ansah. Auch sie schien irgendwie zu spüren, dass etwas nicht in Ordnung war, etwas, das die Wärme der Familie aus dem Gleichgewicht zu bringen schien.

„Daddy ist gleich wieder da", versuchte Sarah Morrison Mary zu trösten. „Wir beide werden jetzt auf ihn warten, ja?"

Sie trug Mary hinüber in ihr eigenes Schlafzimmer und schob sie unter das Bett.

„Mary, Liebling, wir machen ein kleines Spielchen, ja? Du bleibst jetzt so lange da unten, bis Daddy oder ich dich wieder rufen. Komm auf keinen Fall eher da raus, hast du das verstanden? Sei ein braves Mädchen und tue, was deine Mutter dir sagt, ja?"

Mary blickte ihre Mutter nur aus weit aufgerissenen Augen an. Instinktiv spürte sie, dass viel für sie davon abhing, wenn sie tat, was man ihr sagte. Deshalb kroch sie unter das Bett und blieb dort still liegen.

Sarah Morrison schloss die Tür zum Schlafzimmer hinter sich zu und eilte wieder nach vorn. Jetzt strömten ihr die Tränen nur so übers Gesicht. Ben war tot, ermordet irgendwo da draußen von diesen wilden Bestien, und er würde nie mehr zu ihr zurückkehren.

Ihre Miene wurde ausdruckslos, als sie zur Kommode eilte und dort eine Schublade öffnete. Da lag der alte Walker-Colt drin, den Ben noch besaß. Sarah nahm ihn an sich. Sie sah, dass er noch geladen war. Nun sollten diese verfluchten Apachen nur kommen!

Als hätten die Gegner das geahnt, kratzte es plötzlich an der Eingangstür. Sekunden später wich das Kratzen einem heftigen Klopfen. Die Farmersfrau schrie vor Angst laut auf und zog den Abzugshahn des Colts unwillkürlich durch. Der Schuss bellte auf, und die Kugel schlug in die Tür ein. Das heftige Klopfen ließ nach.

Im selben Moment klirrte hinter ihr die Fensterscheibe, und Sarah sah im Licht der aufgehenden Sonne einen gedrungenen Körper, der sich im Fensterrahmen abzeichnete. Sofort fuhr sie herum und drückte ein zweites Mal ab.

Diesmal traf sie ihr Ziel. Der Apache, der sich schon über die Fensterbrüstung geschwungen hatte und mit einem Messer in der Hand auf sie zustürzen wollte, wurde mitten im Sprung von einer unsichtbaren Hand gestoppt. Die

Kugel traf ihn hoch in der Brust und schleuderte ihn zurück.
Er taumelte und fiel zu Boden, wo er regungslos liegen blieb.

Sarah Morrison blieb keine Zeit mehr, um den Schrecken
zu überwinden, den ihr der getötete Apache versetzte. Wieder tauchte jemand am Fensterrahmen auf. Diesmal waren
es zwei Krieger, und einer von ihnen zielte mit einem Karabiner auf sie. Die Farmersfrau wusste, dass sie jetzt sterben
würde, und sie konnte nichts dagegen tun.

Der Chiricahua drückte ab, bevor Sarah Morrison ihre eigene Waffe hochreißen konnte. Die Kugel traf sie in die
rechte Schulter und lähmte ihren Arm. Der schwere Colt
entglitt ihren Fingern, als sie zu Boden stürzte.

Als sie sich wieder hochzurappeln versuchte, waren die
beiden Krieger schon über ihr. Sarah blickte in grell bemalte
Gesichter, die sie mit dunklen Augen teuflisch anzugrinsen
schienen. Der eine sagte etwas zu dem anderen in gutturaler
Sprache, und der andere nickte stumm.

Dann griff einer von ihnen nach Sarahs Kleid und riss es
entzwei. Die Farmersfrau schrie wie von Sinnen, als sich einer der beiden Krieger über sie beugte.

*

Roy Kincade roch den Rauch, bevor er ihn sah. Er war auf
dem Weg nach Tucson, als sein Instinkt ihm eine Warnung
zurief.

Augenblicke später sah er im Licht der aufgehenden
Sonne am fernen Horizont dunkle Rauchwolken in den
Morgenhimmel emporsteigen. Roy zügelte unwillkürlich
sein Pferd. Dahinten musste etwas Schreckliches geschehen
sein, und Roy ahnte schon, um was es sich dabei handelte.
Die Chiricahuas mussten wieder einmal zugeschlagen haben!

In diesem Frühjahr war Arizona ein Hexenkessel der Indianerunruhen. Seit ihr oberster Chief Mangas Coloradas
vor ungefähr einem Jahr in Fort McLean von Soldaten der

11

California Volunteers heimtückisch ermordet worden war, brannte die Fackel des Krieges lichterloh. Einsame Siedlungen und abgelegene Ranches waren das Ziel der wütenden Indianer. Cochise und Victorio mit ihren Chiricahua- und Mimbrenoguerillas schlugen erbarmungslos zu, um den Tod ihres großen Führers zu rächen.

Roy Kincade wusste, dass die Armee schon fast hilflos war, so schnell und unbarmherzig schlugen diese harten Krieger zu. Sein alter Freund Lieutenant Taylor hatte ihn nach Tucson gerufen, weil Roy seine eigenen Erfahrungen mit rebellierenden Indianern gemacht hatten. Natürlich erhoffte er sich von ihm auch in dieser ausweglosen Situation einen Rat.

All das ging Roy in Sekundenschnelle durch den Kopf, als er die Rauchwolken am Horizont sah. Roy hielt sofort auf eine Gruppe von Palo-Verde-Bäumen zu, damit man ihn nicht entdeckte. Wenn noch Chiricahuas in der Nähe waren, dann musste er vorsichtig sein, wenn er am Leben bleiben wollte.

Roy Kincades Augen schweiften über das karge Land. Es schien menschenleer zu sein, und doch hatte der Tod eine Meile entfernt zugeschlagen. Er wartete noch ab, bis er sicher war, dass er weiterreiten konnte und hielt dann auf den Rauch zu.

Als er näher kam sah er, was geschehen war. Von einer Anhöhe aus blickte er hinunter auf eine kleine Farm, die ein Bild der Zerstörung bot. Die Stallungen waren total niedergebrannt, und das Haus selbst qualmte noch.

Roy lenkte den Morgan-Hengst langsam in die Senke hinab. Als er am Corral vorbeiritt, sah er den Farmer. Er lag auf dem Rücken, und sie hatten ihn skalpiert. Alles andere als ein schöner Anblick.

Drüben bei den Stallungen gab es nicht mehr viel zu tun. Der Schuppen war ein Raub der Flammen geworden, und schwarz verkohlte Kadaver lagen in den Trümmern. Das Vieh, das sie nicht mitgenommen hatten, hatten die

Chiricahuas einfach abgeschlachtet, genau wie die Menschen, die auf dieser Farm lebten.

Die Frau lag nicht weit vom Hauseingang entfernt. Sie war halbnackt, und die Kleider hingen ihr in Fetzen herunter, ihr Kopf war blutig, und Roy wusste, dass sie noch die Hölle erlebt haben musste, bevor die Chiricahuas sie umgebracht hatten.

Roy zügelte das Pferd und stieg ab. Gedankenverloren blieb er vor der toten Frau stehen und starrte in ihr Gesicht, das noch den Schmerz der letzten Stunden widerspiegelte. Roy Kincade fluchte leise.

Dann hörte er plötzlich das leise Wimmern, und er riss sofort den Kopf herum. Da war es wieder, und es schien direkt aus dem qualmenden Haus zu kommen. Jemand musste noch am Leben sein, und er war direkt da drinnen.

Roy zögerte keine Sekunde mehr. Er stürmte auf den Eingang zu und verschaffte sich freie Bahn. Rings um ihn herum züngelten die Flammen empor und leckten nach ihm. Roy folgte dem Wimmern, bis er schließlich das kleine Mädchen fand, das sich unter dem Bett verborgen hatte. Ihre Augen waren voller Angst weit aufgerissen, als sie ihn entdeckte, aber die Furcht vor dem Feuer war noch größer.

Roy verlor nicht viele Worte. Er bückte sich und riss das Mädchen in seine Arme. Sie schlang sofort die Arme Hilfe suchend um seinen Hals und presste sich fest an ihn. Dann machte Roy sofort kehrt, weil die Hitze mittlerweile schon fast unerträglich geworden war. Geduckt hastete er zurück zum Hauseingang, während hinter ihm die Dachbalken einzustürzen drohten.

Mit einem Riesensatz hechtete er ins Freie. Gerade noch rechtzeitig, bevor die Dachbalken über dem Eingang zusammenbrachen.

Gierig pumpte Roy die frische Luft in seine Lungen. Das kleine Mädchen in seinen Armen wimmerte immer noch leise, auch als Roy ihm beruhigend über den Kopf strich.

„Es ist ja alles gut …" flüsterte er mit weicher Stimme. „Ich bin ja bei dir".

„Wo sind Mommy und Daddy?", rief das Mädchen jetzt mit flehenden Worten. „Mister, wo sind sie?"

Roy drückte schnell den Kopf des Mädchens an seine Schulter, damit es nicht in die Richtung blickte, wo seine ermordete Mutter lag. Das war bestimmt ein Anblick, den die Kleine ihr ganzes Leben lang nicht vergessen würde, und deshalb wollte es Roy verhindern.

„Deine Eltern sind weit weg an einem anderen Ort, wo es ihnen gut geht", erwiderte Roy mit holprigen Worten und entfernte sich ein paar Schritte von der Stätte des Todes. „Du musst jetzt sehr tapfer sein."

Er setzte das Mädchen an einer Stelle ab, von der sie die Toten nicht mehr sehen konnte.

Das Mädchen im Nachthemd blickte ihn mit trauriger Miene an.

„Du meinst sie kommen nicht mehr wieder?", fragte sie. „Sind sie im Himmel?"

Roys Gesichtsausdruck war bitter.

„Ja", erwiderte er, „aber sie sehen dich auch jetzt, und sie wollen, dass du wieder lachst, verstehst du? Wie heißt du denn überhaupt?"

„Mary Morrison", erwiderte die Kleine und blickte zu Boden. „Und du?"

Roy nannte ihr seinen Namen und bat sie dann, dort still sitzenzubleiben, bis er seine traurige Arbeit beendet hatte.

Mary versprach es ihm, und Roy ging daraufhin zu seinem Hengst und zog am Sattel einen kurzen Klappspaten hervor. Die Eltern der kleinen Mary mussten unter die Erde gebracht werden, denn er wollte sie nicht den Bussarden überlassen, die jetzt am Himmel ihre weiten Kreise zogen und auf ihre Beute warteten.

Roy holte aus dem abgebrannten Stall die Reste einer Pferdedecke, die vom Feuer halbwegs verschont geblieben war und wickelte die toten Morrisons darin ein. Dann legte er sie in das Grab, das er geschaufelt hatte und schüttete es wieder zu. Es war eine harte Arbeit, die ihn viel Schweiß kostete, aber irgendjemand musste es schließlich tun. Mit dem Spaten klopfte er den Erdhügel zurecht und errichtete dann an der Kopfspitze ein kleines Kreuz, das er aus den verkohlten Balken des Hauses zusammengefügt hatte.

Als er fertig war, sah er nach Mary, die sich die ganze Zeit über nicht von der Stelle gerührt hatte.

Gemeinsam gingen sie zum Grab. Roy nahm den Hut ab, sprach ein paar Worte, und die kleine Mary schmiegte sich eng an ihn.

Dem Mädchen fehlte mit ihren neun Jahren zwar die Erkenntnis des plötzlichen Todes, aber sie begriff, dass sie ihre Eltern nie mehr wiedersehen würde, und dass jetzt ein neuer Abschnitt in ihrem Leben begann.

„Hast du noch Verwandte?", fragte Roy sie, als er mit dem Mädchen zu seinem Pferd ging. „Onkel oder Tante?"

Mary schüttelte stumm den Kopf.

„Dann reiten wir nach Tucson", entschied Roy. „Jemand muss sich schließlich um dich kümmern. Ich werde dich zu guten Leuten bringen, die für dich sorgen werden."

Er hob Mary in den Sattel und stieg dann selbst auf. Er warf einen letzten Blick auf den Grabhügel und gab dem Tier die Zügel frei. Zurück blieben die Überreste einer zerstörten Farm.

*

In den Frühjahrstagen des Jahres 1866 war Tucson ein Schmelztiegel verschiedener Rassen. Eine ehemalige Missionsstation, die jetzt von ungefähr 3 000 Spielern, Kneipenbesitzern, Kaufleuten, Fuhrunternehmern, Goldgräbern und Geschäftsleuten bevölkert war.

Die nahe gelegene Garnison in Camp Crant hatte alle Hände voll zu tun, um irgendetwas gegen die aufrührerischen Chiricahuabanden zu unternehmen, die draußen das

15

Land unsicher machten. Schon viele hatten ihre Ranches und Farmen verlassen, und suchten Zuflucht in der Stadt oder der Garnison. Aber es gab auch Männer wie Ben Morrison, die auf die Warnungen nicht hören wollten und deshalb ihr Leben lassen mussten.

Als Roy Kincade die ersten Häuser der Stadt erreichte, herrschte hier ein ständiges Kommen und Gehen. Fuhrleute trieben ihre Pferde an, und ein kleiner Trupp Soldaten verließ nach Westen zu die Stadt.

Mary war die letzten Meilen in seinem Arm eingeschlafen, und das war auch gut so. Die Strapazen und Schrecken der letzten Stunden waren zu viel für sie gewesen, sie hatte jetzt Ruhe nötig, und vor allen Dingen Menschen, die gut zu ihr waren.

Roy lenkte seinen Morgan-Hengst auf die kleine Methodistenkirche zu, deren Turm aus einer Seitenstraße empor ragte. Vor dem Kirchenportal zügelte er das Tier und stieg ab. Während er Mary vorsichtig aus dem Sattel hob, wachte das Mädchen auf. Noch bevor Roy dazu kam, etwas zu sagen, tauchte im Eingangsportal der Kirche ein hünenhafter rotbärtiger Mann in schwarzer Soutane auf.

„Gott zum Gruße mein Sohn", sagte der Mann, der eher als Rausschmeißer in ein Bordell gepasst hätte als in eine Kirche. „Ich bin Father Honus McLaughlin. Was kann ich für dich tun?"

„Für die kleine Mary Morrison hier sehr viel", antwortete Roy. „Ihre Eltern wurden von marodierenden Chiricahuabanden getötet und die Farm niedergebrannt. Sie hat als Einzige überlebt".

Das Gesicht des rothaarigen Priesters verzog sich. Er nahm das Kind aus Roys Armen entgegen und drückte es sofort an sich.

„Ich werde dafür sorgen, dass das Kind in gute Hände gerät", sagte er dann zu Roy. „Mister, es sind schlechte Zeiten angebrochen, das sage ich Ihnen. Diese roten Heiden töten

Unschuldige und rauben alles, was sie in die Finger bekommen. Der Herr möge sie dafür im Fegefeuer verbrennen!"

„Passen Sie gut auf Mary auf, Pater", fügte Roy hinzu und ging zurück zum Pferd. „Ich muss jetzt weiter nach Camp Crant."

„Dann nehmen Sie Sich in Acht, Mister", rief der Pater hinter Roy her. „Arizona ist im Moment ein Land, wo Hunde und Katzen die einzigen sind, denen es nicht an den Kragen geht. Komm, kleine Mary. Du und ich, wir beide werden es uns jetzt mal ein wenig gemütlich machen. Was hältst du denn davon?"

Roy hörte die letzten Worte Pater McLaughlins nicht mehr. Seine Gedanken waren schon bei Camp Crant und bei Lieutenant Mark Taylor, der bestimmt schon auf ihn wartete.

*

„Diese verdammten Apachen sind einfach nicht zu fassen!", rief General Carleton erregt und schlug dabei mit der Faust so heftig auf den Tisch, dass die wenigen Papierstapel, die sich darauf befanden, ziemlich durcheinander gerieten. „Seit fast einem Jahr geht das so. Meine Herren, Washington drängt allmählich auf eine Entscheidung, und wir müssen etwas unternehmen!"

„Ich pflichte Ihnen bei, General", fügte Major Wilkins hinzu, der am Fenster stand und einige Augenblicke hinaus geschaut hatte. „Aber Cochise und seine verfluchten Chiricahuabastarde sind einfach nicht zu schnappen. Da draußen ist die Apacheria, ihr Land."

„Seit fast zwei Jahren bin ich in diesem gottverdammten Land", fluchte der alte General und blickte seine Offiziere der Reihe nach an. „Und immer noch rebellieren diese Burschen. Fest steht jedenfalls, dass es so nicht mehr weitergehen kann und darf. Wir müssen zuschlagen, und zwar diesmal endgültig."

17

„Tucson ist voll zum Überlaufen", fuhr Captain Donahue fort. „In den letzten Wochen kamen Dutzende von Flüchtlingen, und die Stadt quillt über wie ein Hexenkessel. Und das alles wegen lumpiger 300 Krieger, die das Land in einen Krieg stürzen wollen."

„Wir befinden uns bereits im Krieg, Captain Donahue", meldete sich nun Lieutenant Mark Taylor zu Wort, der bis jetzt geschwiegen hatte. „Vom Jornada del Muerte bis El Paso ist die Hölle los. Am Rio Grande brennen ganze Siedlungen nieder und das alles nur, weil gewisse Leute der Meinung waren, Mangas Coloradas müsste aus dem Weg geräumt werden. Die Folgen sind jetzt wohl klar zu sehen, Gentlemen."

Captain Donahue und Major Wilkins wollten aufbegehren, aber der grauhaarige General schnitt ihnen das Wort ab. Er wusste, dass Lieutenant Taylor es nicht billigte, was seinerzeit mit dem Führer der Apachen geschehen war.

„Ich gebe ja zu, dass es nicht richtig war, diesen alten Apachenbastard hinterrücks umzulegen, aber damals hat sich die Regierung erhofft, dass damit die Unruhen beendet werden, und zwar ein für alle Mal. Nun gut, dieser Cochise ist doch gerissener, als ich selbst geglaubt habe. Aber Lieutenant, eins ist wohl sicher. Diese 300 Krieger werden wohl irgendwann aufgeben müssen. Wir sind in der Übermacht."

„Und bis dahin werden noch etliche Weiße sterben müssen", fügte Lieutenant Taylor hinzu. „Nicht zuletzt deswegen, weil in letzter Zeit gewissenlose Geschäftemacher die Chiricahuas mit Waffen versorgen. Erinnern Sie sich noch an den Überfall auf die Postkutschenstation bei Lane' s Crossing vor gut drei Wochen? Da hatten die Indianer Gewehre, und die wussten sie auch zu benutzen. Das ist das Problem, das wir lösen müssen, Gentlemen". Der junge Lieutenant wurde zusehends energischer. „300 Chiricahuas und 300 Gewehre – das Land verbrennt."

„Ich gebe zu, Lieutenant Taylor hat nicht unrecht", pflichtete ihm Major Wilkins bei. „Aber unsere Scouts tappen im

Dunkeln. Cochise ist ein geschickter Hundesohn. Nach jedem Überfall verschwinden sie in der Apacheria und lachen uns förmlich aus, wenn wir sie suchen und nicht finden".

General Carleton hörte sich die Worte seiner Offiziere mit ruhiger Miene an. Seit er vor gut drei Jahren das Kommando im Arizona-Territorium übernommen hatte, waren ihm die Chiricahua- Guerillas ein Dorn im Auge, aber bis zu dieser Stunde hatte er immer noch keinen Weg gefunden, um diese Probleme ein für alle Mal zu lösen.

Taylor wollte gerade dazu etwas sagen, als sein Blick zufällig aus dem Fenster fiel. Eine neue Patrouille ritt in diesem Augenblick in Camp Crant ein. Und bei ihnen war ein Mann, bei dessen Anblick er erleichtert aufatmete – Roy Kincade.

„Gentlemen", ergriff Taylor erneut das Wort. „Ich glaube, es gibt eine Möglichkeit, wie wir den Waffenhändlern auf die Schliche kommen können ..."

*

„Verdammte Hitze", knurrte Rafe Darrel und wischte sich mit der Handfläche den Schweiß aus der Stirn. Seinem Partner warf er einen vielsagenden Blick zu, während er das einsame Land beobachtete. „Wann kommen diese verfluchten Indianer denn endlich, Troy? Die Sonne brennt mir fast das Hirn kaputt ..."

Troy Buchanan schob sich seinen Stetson tiefer ins Gesicht, um der sengenden Hitze zu entgehen, aber das verschaffte ihm nur wenig Erleichterung. Er schraubte den Verschluss der schweren Feldflasche auf und nahm einen kleinen Schluck. In dieser Hitze musste man mit Wasser sparen. Auch Darrel trank nur ganz wenig.

„Du wirst sie nicht sehen, wenn sie kommen", belehrte Buchanan seinen Partner. „Sie sind auf einmal da, wie aus dem Boden geschossen, und ich sag dir eins – die Burschen beobachten uns bestimmt schon längst ..."

19

Er schaute nach hinten zu den Felsen, wo sie den Planwagen abgestellt hatten, bei dem Jenkins und Wayne noch Wachposten bezogen.

„Die wollen doch was von uns, oder?", schimpfte Darrel, und er hatte Mühe, die Wut in seiner Stimme zurückzuhalten. „Wenn die ihre Gewehre haben wollen, dann sollen sie auch endlich kommen. Ich habe nicht die Geduld dieser Wüstenfüchse, Troy. Alles was ich will, ist das Gold, was sie uns versprochen haben."

„Victorio wird sein Versprechen einlösen, Rafe", antwortete Buchanan. „Und jetzt hör endlich auf zu unken. Gleich ist es soweit. Ich spür 's förmlich, dass gleich der Erste Apache auftaucht."

„Du mit deinem verdammten Instinkt. Man könnte fast glauben, dass du einer von ihnen bist."

Buchanan grinste kurz.

„Man muss die Apacheria kennen, wenn man hier überleben will. Die Kleinigkeiten sind es, auf die es ankommt. Schau mal rüber zu den Ocotillo-Kakteen, Rafe. Hast du eben den Vogel gesehen, der dort weggeflogen ist? Ich verwette meinen Kopf, dass da ein Chiricahua hockt und uns beobachtet. Und da drüben bei den Palo-Verde- Bäumen auch. Ich …"

Der dunkelhaarige Mann im hellen Staubmantel wollte noch mehr sagen, brach dann aber ab, als plötzlich die hageren untersetzten Gestalten auftauchten. Wie von einer Sekunde zur anderen waren sie plötzlich da. Darrel fuhr erschrocken zusammen.

„Mein Gott, du hast recht", stammelte er, „Troy, sie sind da".

Buchanan beobachtete die gedrungenen Gestalten der Apachen, die auf der Stelle verharrten und keine Anstalten machten, näher zu kommen. Sie blieben einfach bei den Kakteen stehen und starrten stumm die weißen Eindringlinge an, wie bronzene Statuen, die jeden Moment zum Leben erwachen würden.

Der Mann im Staubmantel drehte sich um und winkte den beiden anderen beim Planwagen. Das war das Zeichen dafür, dass sie nun näher kommen sollten. Während Jenkins und Wayne den Wagen näher heran lenkten, beobachtete Buchanan die Indianer aus zusammengekniffenen Augen.

„Warum kommen die nicht näher?", fragte Darrel, der sich keinen Reim daraus machen konnte. Buchanan hatte ihn das erste Mal mit in die Apacheria genommen, weil er ein sicherer Schütze war, aber die Chiricahuas kamen ihm doch ein wenig unheimlich vor.

„Das gehört alles mit zum Spiel", belehrte ihn Troy Buchanan. „Gleich taucht Victorio auf, und dann kommen wir zum Geschäft".

Noch ehe Buchanans Worte verhallt waren, sahen die beiden Männer Victorio. Der Häuptling der Mimbreno-Apachen, der diesmal auch einige Chiricahuas dabei hatte, stand mit Stolz verschränkten Armen zwischen seinen Kriegern und musterte mit verächtlicher Miene die Weißen, die nur 50 Yards entfernt standen.

Victorio war ein großer und muskulöser Bursche. Langes blauschwarzes Haar fiel ihm ungezähmt in die Stirn. Stechende Augen musterten die Revolvermänner, die gekommen waren, um mit ihm zu handeln.

„Sei gegrüßt, großer Häuptling", richtete Buchanan jetzt das Wort an Victorio. „Wir sind pünktlich gekommen und haben die Gewehre für dich mitgebracht. Komm und sieh sie dir an. Du wirst feststellen, dass sie okay sind."

Der Mimbreno-Apache erwiderte überhaupt nichts, sondern wartete ab, bis der Planwagen neben Buchanan und Darrel zum Stehen kam. Abwartend schaute er zu, wie die beiden anderen Weißen die Plane abdeckten und längliche Kisten hervorholten. Gespannt wartete er ab, bis eine der Kisten geöffnet war und bläulich schimmernde Gewehrläufe zum Vorschein kamen. Über sein zerfurchtes Gesicht huschte ein leichtes Grinsen. Er gab drei anderen Kriegern einen Wink, ihm zu folgen, und gemeinsam stapften die Indianer nun auf den Planwagen zu.

Buchanan beobachtete, wie Victorio eines der Gewehre in die Hand nahm und es kritisch in Augenschein nahm. Der Mann im hellen Staubmantel zog eine Schachtel Patronen aus der Tasche und warf sie Victorio zu.

"Winchester-Gewehre, Victorio", sagte er dann. „Damit kannst du die Weißen aus eurem Land treiben. Schieß und du wirst sehen, dass Du jedes Ziel triffst."

„Du willst, dass wir euch Wasicuns verjagen und bist selbst ein Weißer", sagte Victorio, und seine dunklen Augen beobachteten Buchanan genau. „Was bezweckst du damit?"

„Ich bin euer Freund", erwiderte Buchanan und verfluchte im Stillen diesen Apachenbastard dafür, dass er ihm solche Fangfragen stellte. „In diesem Land ist Platz für alle, und deswegen wollen meine Freunde und ich dir und deinem Stamm helfen." Er versuchte zu lächeln, aber es misslang.

Victorio lachte trocken auf. Er lud die Winchester, riss sie dann an die Schulter und zielte kurz. Sekunden später drückte er ab, und ein Schuss bellte auf. Hundert Yards weiter brach ein dürrer Zweig von einem Palo-Verde-Baum ab. Die anderen Krieger stießen schrille Schreie aus, als sie sahen, dass ihr Häuptling sein Ziel getroffen hatte.

„Es sind gute Gewehre", sagte Victorio und wog die Winchester in seinen nervigen Händen. „Wieviel hast du davon mitgebracht?"

„Fünfzig", erwiderte Buchanan und grinste seinem Partner kurz zu. Zufrieden registrierten die Waffenschmuggler, dass Victorio angebissen hatte. „Und noch tausend Schuss Munition", fuhr er dann fort.

Victorios Gesicht verdunkelte sich etwas.

„Das ist nicht genug", sagte er mit einer Stimme, die die Wut nur mühsam zurückhalten konnte. „Meine Krieger und ich brauchen noch einmal soviel!"

„Kannst Du haben, Häuptling", erwiderte Troy Buchanan. „Allerdings kostet dich das zehn Beutel Goldstaub mehr. Du weißt, wie schwierig es für uns ist, die Waffen zu besorgen. In drei Tagen können wir erst wieder hier sein …"

„In zwei Tagen", knurrte Victorio, „und du wirst das Gold bekommen".

„Einverstanden", fügte Buchanan hinzu. „Dann bezahle uns erst einmal diese Ladung hier. Denk' dran, es sind Waffen, mit denen du endlich deinen Krieg führen kannst, und du wirst sehen, dass du erfolgreich bist."

„Dass diese Worte aus deinem Mund kommen, beleidigt meine Ohren!" Victorio griff unter sein Kattunhemd und holte mehrere kleine Lederbeutel heraus. Er sah die Gier in den Augen der Weißen, als sie unverhohlen auf die Beutel starrten, und er wusste, dass diese Männer auch ein zweites Mal eine Waffenladung bringen würden. Zu groß war ihre Gier nach dem gelben Metall. „Hier hast du das, was du verlangt hast."

Er gab Buchanan die Lederbeutel, und der Mann im langen Mantel öffnete einen. Ein kleiner Strom hellgelben Goldstaubes glitzerte in seiner Hand, und er grinste.

„Okay. Die Gewehre gehören dir und deinen Kriegern. Nehmt sie euch."

Victorio drehte sich zu seinen Kriegern um und hob die Hand. Plötzlich tauchten einige berittene Mimbrenos auf, die vorher noch gar nicht zu sehen gewesen waren. Buchanan und Darrel erkannten, dass die Apachen in der Übermacht waren, und wenn sie es darauf angelegt hätten, dann hätten sie sich die Gewehre auch einfach nehmen können. Das Wissen um diese Dinge ließ Troy Buchanan unwillkürlich bleicher werden.

Der Häuptling der Mimbreno Apachen sah die blasse Miene Buchanans, und er grinste. Victorio wusste aber auch, dass er diese Weißaugen noch brauchte. Sie mussten ihm und seinen Leuten noch mehr Gewehre und Munition liefern, damit sie unschlagbar wurden. Und so lange musste er mit diesen Hunden paktieren, die in seinen Augen nichts anderes waren als feige Coyoten.

Die muskulösen Krieger kletterten auf den Wagen, nachdem Jenkins und Wayne heruntergestiegen waren. Sie machten sich über die Kisten her und rissen sie auf. Die neuen Gewehre wanderten in ihre Hände, und sie luden sie auf dafür vorgesehene Pferde. Die Kisten mit den Patronen folgten. Alles geschah in wenigen Augenblicken, und bevor Buchanan es richtig begriff, war es auch schon vorbei.

Victorio blickte den Waffenhändler noch einmal an, bevor er zu seinen Kriegern ging.

„Denke an meine Worte, Weißauge", sagte er zu Buchanan. „In zwei Tagen erwarte ich euch hier mit neuen Gewehren. Dann werdet Ihr mehr Gold bekommen. Und nun verschwindet aus der Apacheria!"

Victorio wandte sich ab und stolzierte würdig zu den anderen Kriegern, die ihn mit ausdrucksloser Miene erwarteten. Sie sahen alle zu, wie die Weißen auf den leeren Wagen stiegen und auf die Pferde einschlugen. Offensichtlich hatten sie es sehr eilig, von hier wegzukommen. Das Wissen um die plötzliche Furcht, die die Waffenhändler überkommen hatte, ließ Victorio lächeln.

„Cochise wird nicht erfreut sein über den Waffenhandel mit den Weißen", sagte auf einmal ein junger Krieger zu dem Häuptling, der den Weißen nachblickte, bis sie am Horizont verschwunden waren.

„Schweig, Manuelito!", erwiderte Victorio zornig. „Auch ein Mann wie Cochise wird verstehen müssen, dass wir uns gegen die Wasicuns zur Wehr setzen müssen. Schau sie dir doch an, diese gierigen Weißen! Für eine Handvoll des gelben Metalls verraten sie ihr eigenes Volk. Ich mag sie nicht, diese Ratten. Aber sie bringen uns Gewehre, und die brauchen wir. Das weiß auch Cochise. Und nun reiten wir zu ihm."

*

„Noch einen Whiskey, Mister?"

Die Stimme des glatzköpfigen Barkeepers riss Roy Kincade aus seinen Gedanken. Er nickte stumm, und der Mann in der fleckigen Schürze griff sofort hinter sich ins Regal und holte eine bauchige Flasche hervor. Er goss ein neues Glas voll und stellte es vor Roy hin. Gleichzeitig streckte er seine knochigen Finger nach dem 50-Cent-Stück aus, das Roy auf den Tresen gelegt hatte. Grinsend steckte er es ein und widmete sich sofort dem nächsten Gast, der den Tresen belagerte. Es herrschte ein reger Betrieb an diesem Abend im Iron Horse-Saloon, und die Luft war so dick vom Rauch und Schweiß der Männer, dass man sie in Scheiben hätte schneiden können.

Roy nahm das Glas und wandte sich ab. Er bahnte sich einen Weg durch die Menge und ließ sich an einem der hinteren Tische nieder, wo das Gedränge nicht so stark war. Während er sich hinsetzte, begann der Pianospieler, sein Instrument zu bearbeiten. Es klang zwar nicht besonders schön, aber in diesem Lärm achtete sowieso kein Mensch mehr darauf. Der Alkohol floss in Strömen und der Dollar rollte, das war die Hauptsache.

Roy erinnerte sich an das Gespräch mit Lieutenant Taylor und den Offizieren. Sein Freund Mark Taylor hatte ihn General Carleton vorgestellt und von ihm berichtet. Roy hatte schnell erfahren, dass die Situation auf des Messers Schneide stand. Die Chiricahuas und Mimbrenos hatten Gewehre, und wenn sie noch mehr bekamen, dann würden sie nur schwer zu besiegen sein.

Roy besaß genug Indianererfahrung, um sagen zu können, dass eine Handvoll gut bewaffneter Apachen mehr wog wie ein gesamtes Kavallerieregiment. Und deshalb wusste er auch, dass er schnell handeln musste, um das Schlimmste zu verhindern.

General Carleton und die Offiziere hatten ihm freie Hand gelassen. Man versprach sich jedoch von ihm eine ganze Menge, denn ein Zivilist hatte mehr Möglichkeiten, um unbemerkt gegen die Waffenhändler vorzugehen. Deshalb war Roy auch allein nach Tucson zurück geritten. Mit Lieutenant Taylor wollte er sich nur treffen, wenn er es unbedingt für notwendig hielt. Keiner sollte ihn mit der Armee in Zusammenhang bringen.

„Gibst du einen aus, Mister?"

Roy hob den Kopf und blickte in das geschminkte Gesicht eines Flittergirls, das ihn zuckersüß anlächelte. Sie hatte lange schwarze Haare und blaue Augen. Für seinen Geschmack war sie ein bisschen zu stark geschminkt, aber sie hatte lange Beine, die sich sehen lassen konnten. Das Kleid, dass sie trug, war offenherzig geschnitten und gab eine Menge frei. Eine Parfümwolke schwebte vor ihr her.

„Wenn du fertig mit der Gafferei bist, Mister, gibst du mir dann einen aus, oder hast du Angst vor mir?"

Roy versuchte zu grinsen.

„Im Gegenteil", erwiderte er und deutete dem Mädchen mit einer Handbewegung an, sich zu ihm zu setzen. Er wusste, dass sich in den Saloons eine Menge abspielte, und von einem Saloongirl konnte man meistens jede Menge erfahren. Deshalb kam ihm die Flitterlady sogar wie gerufen, aber er hütete sich, ihr das zu sagen.

„George?", rief das Mädchen zum Barkeeper hinüber. „Bring eine Flasche Brandy, aber vom Besten!"

Es sah fast so aus, als hätte der Glatzkopf nur darauf gewartet, denn es vergingen nur drei Sekunden, bis er mit der Flasche vor Roys Tisch stand. Grinsend kassierte er sechs Dollar für das gefärbte Zuckerwasser und eilte davon.

„Ich heiße Bella Dawson", begann das Girl jetzt. „Und du?"

„Roy Kincade."

„Bist du neu hier in Tucson, oder? Ich hab dich jedenfalls bis jetzt noch nie im Iron Horse gesehen ..."

„Ich bin auf dem Weg nach El Paso", erwiderte Roy ausweichend. „Vielleicht bleibe ich ein oder zwei Tage länger hier. Draußen ist die Hölle los wegen dieser verfluchten

Apachen. Hab' mit eigenen Augen gesehen, wie sie eine Farm niederbrannten und alle töteten bis auf ein kleines Mädchen. Sie ist jetzt bei Pater McLaughlin."

„Ja, es wird Krieg geben", sagte Bella und strahlte ihn an. „Aber hier nach Tucson werden sich diese Rothäute nicht trauen. Sollen sie nur kommen, wir werden es ihnen schon ordentlich besorgen. Unsere Bürgerwehr macht jeden fertig."

Sie unterbrach ihren Wortschwall und trank einen Schluck aus der Flasche, von der Roy glauben sollte, dass es sich um Brandy handelte.

„Wie sieht 's denn aus mit uns beiden, Amigo? Hast du 20 Dollars übrig? Ich verspreche dir ein paar heiße Stunden, wenn du mit rauf auf 's Zimmer gehst."

Roy wollte gerade etwas erwidern, als das Girl ihm einen Arm um den Hals legte.

„Du gefällst mir, Mann", fuhr sie dann fort. „Nun komm schon mit rauf. Du willst es doch auch, oder?"

Im gleichen Augenblick wurden die Schwingtüren des Saloons aufgestoßen, und ein Mann trat ein. Er machte sich am Tresen breit und verlangte mit lärmender Stimme nach Whisky. Bella Dawson sah ihn erst, als die Blicke des Mannes auch in ihre Richtung schweiften.

„Ich glaube, ich gehe jetzt besser", sagte sie mit nervöser Stimme zu Roy und schaute ab und zu hinüber zum Tresen. „Rafe sieht es nicht gern, wenn ich mit anderen Männern flirte."

Auch Roy sah jetzt den Burschen am Tresen. Er war groß und hager und hatte wirres blondes Haar, das ihm unter dem zerbeulten Stetson hervorquoll. Er musterte Roy verächtlich von Kopf bis Fuß. Offensichtlich war er wütend, dass Bella nicht bei ihm war.

„Wer ist das?", fragte Kincade das Animiermädchen. „Hat er irgendwelche Rechte auf dich?"

„Ach was!" Bella schüttelte stumm den Kopf. „Ich hab' ihm einmal schöne Augen gemacht, und seitdem hat 's ihn ziemlich erwischt, glaube ich. Er ist eifersüchtig wie ein junger Stier, und deswegen ist 's wohl besser, wenn ich jetzt gehe. Im Iron Horse braucht es wegen mir keinen Ärger zu geben."

Roy versprach sich irgendwie von dem Girl einige Informationen, deshalb legte er seine sehnige Hand auf ihren schlanken Arm. Und das sah auch der Mann am Tresen. Wütend stellte er sein Glas ab und stieß sich ab. Schlendernd marschierte er auf den Ecktisch zu, an dem Roy und Bella saßen, und er baute sich davor auf. Das Saloongirl wurde bleich. Man sah ihr deutlich an, dass sie Angst vor diesem Mann namens Rafe zu haben schien, und deshalb blickte sie betroffen zu Boden.

„Mister, ich schätze es ganz und gar nicht, wenn du dich hier mit meinem Mädchen amüsierst", sprach er Roy an, und in seinen Augen glitzerte es wütend. „Ich geb' dir jetzt Gelegenheit, schnellstens von hier zu verschwinden, okay?"

Offensichtlich wollte er hier vor allen anderen den starken Mann markieren, und da kam ihm Roy gerade recht. Er verschränkte beide Arme vor der Brust und blickte Roy finster an.

Nun konnte Roy nicht mehr zurück. Er grinste kurz und musterte Rafe von Kopf bis Fuß.

„Ich glaube, das überlassen wir beide doch besser Bella, wen sie in ihrer Gesellschaft haben möchte", sagte er. „Und im Augenblick sieht 's ganz danach aus, als wärst du das ganz gewiss nicht …"

Jetzt mischte sich Bella in das Gespräch der beiden Männer ein. Auch sie fühlte die knisternde Spannung, die sich zwischen ihnen ausgebreitet hatte, und auch die übrigen Gäste im Saloon brachen ihre Gespräche abrupt ab und schauten zu, was jetzt kam.

„Rafe Darrel, bitte geh' und lass mich in Frieden", versuchte sie es noch einmal im Guten. „Der Mister hier hat mir nur einen Drink spendiert und …"

„Gehört das auch dazu, dass er dich betatscht?", unterbrach sie der blonde Darrel heftig. „Zisch ab von hier, du Flittchen. Wir beide unterhalten uns später."

Bella erhob sich hastig von ihrem Stuhl und lief davon, während Roy merkwürdig gelassen am Tisch sitzen blieb. Seine Ruhe verunsicherte Darrel, und er wurde noch wütender.

„Verschwinde aus diesem Saloon, Mann!", schnauzte er ihn an. „Sonst mach' ich dich fertig!"

Urplötzlich stieß Roy den Tisch nach vorn, und die Kante traf Darrel hart in den Magen. Der blonde Mann schrie unwillkürlich auf und taumelte zurück. Gleichzeitig sprang Roy vom Stuhl hoch und setzte nach. Seine geballte Faust traf den Unruhestifter ins Gesicht.

Darrel stieß einen grässlichen Fluch aus. Seine Rechte zuckte hinab zum Halfter und wollte den schweren Colt heraus reißen, aber Roy sah das noch rechtzeitig. Sein Fuß schoss und trat gegen Darrels Hand. Die schon halb herausgezogene Waffe entglitt seinen vor Schmerz tauben Fingern und polterte auf den Sägemehlfußboden. Roy wurde nun richtig wütend, weil ihn Darrel gleich hatte erschießen wollen. Mit solchen Burschen konnte man nur noch eine Sprache sprechen, und die beherrschte Roy Kincade meisterhaft.

Er landete einen Volltreffer in Darrels Magen, dass dieser zusammenklappte wie ein Taschenmesser. Gleichzeitig stieß Roys Knie vor und traf unsanft mit Darrels Nasenbein zusammen. Es gab ein hässliches Knirschen, als der Knorpel zersplitterte und Blut hervorschoss. Darrel riss beide Hände hoch, um sein Gesicht zu schützen, und Roy landete daraufhin noch einen Hieb im Nacken, der Darrel den Rest besorgte. Der blonde Mann brach zusammen und blieb benommen am Boden liegen.

„Merk' dir mal eins, Amigo", wandte sich Roy an den stöhnenden Kerl. „Wenn du wiedermal Stunk anfangen willst, dann überlege dir vorher, mit wem du 's tust. Mit mir jedenfalls nicht mehr, klar?"

Darrel murmelte etwas Undeutliches vor sich hin, als er mühsam aufstand. Er wankte zwar noch etwas hin und her, stand aber dann doch.

„Hundesohn", murmelte er und schlich sich dann mit gesenktem Kopf aus dem Saloon. Roy blickte ihm so lange nach, bis ihn die Dunkelheit draußen verschluckt hatte.

Langsam schienen sich auch die übrigen Gäste wieder zu beruhigen. Der Pianospieler griff wieder in die Tasten. Die Spannung der letzten Augenblicke hatte sich wieder gelegt.

Roys Augen suchten Bella, die in der Nähe der Treppe stehengeblieben war. Langsam setzte sie einen Fuß vor den anderen und ging hinauf. Ihre Blicke hatten etwas Verheißungsvolles an sich, als sie ihr Kleid hoch raffte und dabei viel Bein zeigte. Roy schob sich den Hut in den Nacken und folgte ihr. Im Hintergrund hörte er schwach einige Burschen grölen, die Roy unbedingt noch ein paar gute Tipps mit auf den Weg geben wollten.

*

„Das ist ja gerade nochmal gut gegangen", flüsterte Bella erleichtert und schloss die Tür hinter sich zu. „Ich hatte schon befürchtet, dass dich Rafe zusammenschlägt."

Roy Kincade blickte sich im Zimmer um. Geblümte, schon etwas verblasste Tapeten, ein breites Bett, ein Spiegel und ein Tisch, sonst nichts.

„Wer war dieser Darrel überhaupt?", fragte Roy beiläufig, während er einen kurzen Blick aus dem Fenster warf. Von hier oben aus hatte man einen guten Überblick über die Main Street von Tucson.

„Rafe Darrel arbeitet für Gilbert Cummings, dem hier die Bank gehört", antwortete Bella, während sie zu dem kleinen Tischchen ging, auf dem eine Flasche und zwei Gläser standen. Sie schenkte Roy etwas ein und gab ihm dann das Glas. „Seit die Apachenunruhen begonnen haben, hat sich unser

Bankier einen kleinen Schutztrupp zugelegt, der die Geldtransporte bewacht, verstehst Du?"

Roy nickte.

„Der Bursche sieht mir ganz schön zwielichtig aus", sagte
er und nahm einen Schluck von dem feurigen Whiskey, der
wohltuend in seiner Kehle brannte. „Ich glaube, der macht
noch Ärger."

„Vergiss ihn jetzt", erwiderte Bella und stellte ihr Glas ab.
„Du bist doch nicht etwa zu mir gekommen, um über Rafe
Darrel zu reden, oder?"

„Ganz gewiss nicht", fügte Roy rau hinzu. Er ging auf
Bella zu und nahm sie in die Arme. Sie schmiegte sich sofort
an ihn und schloss die Arme hinter seinem Hals, während
sie ihm ihre Lippen zum Kuss bot. Roy küsste sie hart und
leidenschaftlich, und Bella erwiderte die Gefühle.

Als sie sich beide voneinander lösten, musste Bella Luft
holen.

„Du gehst aber ganz schön ran", lächelte sie und ließ es zu,
dass Roy an den Knöpfen ihres Kleides herum nestelte,
während sie ihm durch das dunkle Haar strich. Kincade
brauchte nicht lange, bis er sie ausgezogen hatte. Ihr Körper
war eine einzige Augenweide. Mit grazilen Schritten ging
sie hinüber zum breiten Bett und streckte sich dort verfüh-
rerisch aus.

„Worauf wartest du noch?", fragte sie mit verlangender
Stimme. Das ließ sich ein Mann wie Roy Kincade nicht zweimal sagen.

Er warf seine Lederkleidung achtlos beiseite und ging zu
Bella. Während er sich zu ihr legte, küsste er sie ununterbrochen, und ihre Hände erforschten seinen Körper. Die
beiden Menschen versanken in einem Strudel der Gefühle,
der sie beide umschlungen hielt. Sie vergaßen ihre Umwelt,
sie vergaßen das Zimmer, sie vergaßen alles …

*

Roy wusste nicht, wie viel Zeit vergangen war, als er den Iron Horse-Saloon wieder verließ. Es ging schon bald auf Mitternacht zu, und am Tresen herrschte dichter Betrieb. Cowboys und auch Farmer, die ihre Besitzungen außerhalb der Stadt verlassen hatten, gaben sich im Iron Horse ein Stelldichein und versuchten die Schrecken der letzten Tage und Wochen mit Alkohol zu betäuben. Dabei schimpften sie ununterbrochen auf die Armee, die ihrer Meinung nach viel zu wenig unternahm, um den Aufstand dieser roten Bastarde zu zerschlagen.

Roy blieb einen Augenblick vor den Schwingtüren stehen und spähte über die Main Street. Auch in der Nacht ließ die Hitze nur unwesentlich nach. Es war ein höllischer und zugleich blutiger Sommer.

Er fingerte in seiner Hemdtasche herum und holte einen Glimmstängel heraus, den er sich zwischen die Lippen zog. Er musste unwillkürlich an Bella Dawson denken, die ihm ein paar heiße Stunden bereitet und ihn noch mit wichtigen Informationen versorgt hatte, ohne dass das Girl etwas davon geahnt hatte.

Er bückte sich, um am Stiefelabsatz ein Zündholz anzureißen, als der Schuss fiel. Mit einem hässlichen Zirpen pfiff die Kugel gefährlich nahe an Roys Kopf vorbei und schlug in den Stützpfosten des Vorbaus.

Noch während sich Roy duckte und hastig zur Seite sprang, um vor dem hellen Eingang des Saloons kein allzu deutliches Ziel abzugeben, riss er selbst die Waffe aus dem Halfter. Wieder bellte ein Schuss auf, dessen Kugel ihn diesmal weit verfehlte, aber Roy sah das Mündungsfeuer. Es kam drüben von der anderen Straßenseite, unmittelbar neben dem Eingang des Mietstalles.

Kincade drückte ab, und der Schuss peitschte auf. Sekunden später hörte er drüben auf der anderen Seite einen erstickten Aufschrei und einen dumpfen Aufprall. Dann herrschte tödliche Stille.

Mit langen Sätzen hastete Roy zum Mietstall und erkannte im Licht des Mondes die reglose Gestalt, die nicht weit vom Stalltor entfernt lag. Mit der Waffe in der Hand beugte sich Roy über den Mann, um sicher zu gehen. Aber er hatte gut getroffen.

Der Mann war tot, und als er ihn herumdrehte, blickte er in das noch im Tode vor Wut verzerrte Gesicht von Rafe Darrel.

Schritte erklangen hinter Roy. Er wandte den Kopf und sah einige Männer aus dem Iron Horse-Saloon, die ebenfalls die Schüsse gehört zu haben schienen.

„Was ist hier los?", rief ein vollbärtiger Mann, der sah, wie sich Roy über den Erschossenen gebeugt hatte. „He, das ist ja Rafe Darrel."

Roy blickte in neugierige Gesichter, die eine Antwort von ihm erwarteten, aber er schwieg, bis ein Mann auftauchte, der auf seinem karierten Hemd den Stern des Gesetzes trug.

„Ich bin Marshall McLintock", sagte er und musterte Roy von Kopf bis Fuß. „Haben Sie ihn erschossen?"

Roy nickte.

„Er hat mir im Dunkeln aufgelauert, als ich den Saloon verließ, Marshal. Zweimal hat er auf mich geschossen, dann traf ich ihn. Er war sofort tot."

„Darrel hat im Iron Horse schon Streit angefangen, Don", meldete sich einer der Umstehenden zu Wort. „Der Fremde hat ihm Bella ausgespannt, und du weißt ja selbst, was für ein Hitzkopf Darrel gewesen ist …"

„Stimmt das, Mister?" Der Marshal wartete gespannt die Antwort ab.

„Roy Kincade", nannte er dem Gesetzeshüter seinen Namen. „Ja, so war es. Er hat schon im Saloon eine Schlägerei angefangen, und ich habe ihn besiegt. Wahrscheinlich wollte er sich rächen."

„Also Notwehr", stellte McLintock fest und schaute noch einmal auf den toten Darrel. „Wir müssen ein Protokoll aufnehmen, und irgendjemand muss Cummings Bescheid sagen, dass einer seiner Männer tot ist. Hank und Billy, ihr bringt den Toten rüber zu Doc Royson. Er soll den Totenschein ausschreiben, damit alles seine Ordnung hat. Und Sie, Mister Kincade, will ich morgen früh in meinem Office sehen. Sie unterschreiben mir das Protokoll, klar?"

Roy nickte. Im Stillen verfluchte er sich darüber, dass es zum Streit mit Darrel gekommen war. Manchmal entwickelten sich die Dinge eben anders wie man selbst vermutete.

*

Als Roy am nächsten Morgen an die Tür des Marshal Office klopfte, hatte ihn eine innere Unruhe ergriffen. Er wusste, dass der Marshal ihn vielleicht aus der Stadt weisen würde, weil es Ärger gegeben hatte, und den konnte er nun ganz gewiss nicht gebrauchen. Trotzdem hoffte er, dass er noch in Tucson bleiben konnte, denn hier musste er mit seiner Suche beginnen, das sagte ihm sein Gefühl.

Die barsche Stimme des Marshals bat ihn, einzutreten, und als Roy die Tür öffnete, sah er außer McLintock, der hinter seinem großen Schreibtisch saß und in einem Haufen Papier herum wühlte, noch einen zweiten Mann im Office stehen.

Er war groß und massig und hatte schon graues Haar. Er trug einen dunklen Anzug und machte auch ansonsten den Eindruck eines Menschen mit gepflegten Manieren.

Das musste Bankier Cummings sein, vermutete Roy, und schon Augenblicke später bestätigte sich sein Verdacht, als der Marshal das Wort ergriff.

„Kincade, das ist Mister Gilbert Cummings, der Leiter der hiesigen Bank. Rafe Darrel war einer seiner Leute, und deswegen habe ich ihn mit hinzugezogen."

Roy nickte dem grauhaarigen Bankier zu, der seinen Blick kurz erwiderte.

34

„Hier ist das Protokoll, Kincade", fuhr McLintock dann
fort und deutete auf ein beschriebenes Blatt Papier. „Unterschreiben Sie, dass Sie Darrel in Notwehr erschossen haben,
und dann ist die Sache erledigt, okay?"

Roy nahm sich das Blatt vor und überflog es kurz. Dann
nahm er die Feder und unterschrieb.

„Ich möchte mich bei Ihnen dafür entschuldigen, dass es
so weit gekommen ist", ergriff Cummings das Wort. „Aber
ich glaube ich habe auch ein bisschen mit Schuld daran,
Mister Kincade. Ich habe Darrel gestern Nachmittag entlas-
sen, weil er zu viel getrunken hat. Und Männer, die im
Dienst zur Flasche greifen, kann ich nicht gebrauchen.
Wahrscheinlich war er deshalb so wütend. Gott sei Dank ist
Ihnen nichts passiert, Mann!"

„Schon gut", erwiderte Roy. „Nur sollten Sie in Zukunft
vielleicht ein bisschen mehr auf ihre Leute achten. Sie haben
ja selbst gesehen, wie schnell es Ärger geben kann …"

„Kincade, ich habe mich bei Ihnen entschuldigt", antwortete Cummings nun etwas heftiger. „Alles andere wollen Sie
bitte mir überlassen. Ich habe genug Sorgen um die Ohren
wegen dieser verdammten Apachen. Diese Männer, die für
mich arbeiten, bewachen meine Geldtransporte nach Phoenix, und ich bin froh, dass ich sie habe. Dass da auch mal ein
schwarzes Schaf wie Rafe Darrel dabei ist, kann ich ja nicht
vorhersehen. Guten Tag, Mister Kincade."

Der Bankier griff nach seinem Hut und ging an Roy vorbei,
ohne ihn noch eines Blickes zu würdigen. Die Tür schlug er
ziemlich heftig hinter sich zu.

„Jetzt hab' ich ihm wohl auf den Schlips getreten, wie?",
fragte Roy den Gesetzeshüter, der das Protokoll in seinem
Schreibtisch verstaute.

McLintock zuckte die Achseln.

„Gilbert Cummings ist ein Mann, der keine Kritik vertra-
gen kann, Kincade", versuchte er Roy zu erklären. „Sie müssen ihn kennen, bevor Sie verstehen, was ich meine. Cummings ist einer der Männer, die maßgebend zum Aufbau

von Tucson beigetragen haben. Durch ihn hat es hier einen Aufschwung innerhalb weniger Jahre gegeben. Er hat allen geholfen, sich eine Existenz aufzubauen. Farmern und auch Ranchern. Jetzt haben diese Leute durch die Apachenunruhen all ihr Hab und Gut verloren, und Cummings muss auch auf sein Geld warten, das ihm diese Leute roch schulden. Es ist nicht verwunderlich, dass er deshalb dann auch eine Schutztruppe anheuert, um sein Geld sicher in die Hauptstadt zu transportieren oder von dort neues Bargeld herschaffen zu lassen. Mann, in einer Zeit, wo sogar kaum noch Postkutschen regelmäßig verkehren, ohne überfallen zu werden, können wir Cummings dankbar sein."

„Was sind das für Leute, die für ihn arbeiten?", fragte Roy, und der Marshal winkte ab.

„Männer vom schnellen Eisen, was sonst?", erwiderte er. „Sie benehmen sich aber alle anständig und schlagen keinen Krawall – bis auf Darrel – und den haben Sie erschossen. Wie lange wollen Sie eigentlich noch in Tucson bleiben, Kincade?"

Das war deutlich. McLintock befürchtete weitere Scherereien, und deshalb wollte er Roy so schnell wie möglich wieder loswerden.

„Nur noch ein paar Tage, Marshal", antwortete Kincade. „Ich werde Ihnen keinen Ärger machen, das ist ein Versprechen."

Er schaute zum Fenster hinaus und bekam mit, wie der Bankier hinüber auf die andere Straßenseite marschierte. Das Gebäude der Tucson-Bank war aus massivem Stein gebaut und machte einen ziemlich imposanten Eindruck. Und Roy sah auch die Männer mit den tiefhängenden Colts, die vor dem Eingang der Bank standen. Cummings nickte ihnen kurz zu, bevor er durch die Eingangstür schritt und sie hinter sich zuknallte.

*

36

Troy Buchanan musterte den grauhaarigen Bankier, als dieser ihn zu sich rief. Gilbert Cummings war ziemlich nervös diesmal, also musste ihm irgendetwas über die. Leber gelaufen sein.

„Was gibt 's, Mister Cummings?", fragte ihn der Revolvermann.

''Ich möchte nochmal mit ihnen sprechen, Buchanan, bevor Sie und Ihre Männer losreiten nach Phoenix", begann der Bankier und zündete sich mit fahrigen Bewegungen eine Zigarre an. Er brauchte länger als üblich dazu, wie Buchanan feststellte. „Es ist diesmal eine außergewöhnlich große Summe, die Sie und Ihre Männer nach Phoenix befördern. Sie wissen, dass einiges davon abhängt, dass das Geld in der Hauptstadt ankommt. Die Bank wartet schon darauf. Sehen Sie um Himmels Willen zu, dass es nicht in die Hände von Banditen fällt."

Buchanan winkte ab.

„Keine Sorge, Mister Cummings", antwortete er. „Meine Jungs und ich haben schon schlimmere Dinge hinter uns. Wir schaffen das schon. Sobald wir dort sind, schicke ich Ihnen ein Telegramm, wenn Sie das beruhigt. Aber es wird nichts geschehen."

„Wenn ich das nur wüsste ..."

Cummings drückte die halb gerauchte Zigarre im Aschenbecher aus.

„Jedes Mal wenn ich Sie und die Männer losschicke, habe ich Angst, dass Sie in die Hände dieser rothäutigen Teufel geraten und ..."

„Unsinn", unterbrach ihn Buchanan rau und schlug mit der Handfläche auf den Coltkolben. „Das hier ist eine Sprache, die noch jeder Rote bisher verstanden hat. Wir schießen sie ab, wenn sie angreifen."

„Aber man spricht doch von Gewehren, Buchanan", warf Cummings ein. „Man sagt, dass die Apachen mit Gewehren versorgt werden."

„Na und?" Buchanan grinste. „Das hält uns auch nicht ab von unserem Job, Mister Cummings. Sie haben mich und meine Leute eingestellt, damit die Geldtransporte sicher verlaufen, und genau dafür werden wir auch sorgen. Und jetzt wollen wir aufbrechen. Ist sonst noch etwas?"

Cummings verneinte.

„Ich warte dann auf Ihr Telegramm", sagte er nur noch.

Troy Buchanan kehrte dem Bankier den Rücken zu und verließ das Haus. Draußen vor dem Haus warteten seine Männer schon auf ihn. Wayne, Jenkins, Fisher und Cullen. Nur Darrel fehlte, denn den hatte man umgelegt. Unwillkürlich spähte Buchanan hinüber zum Marshal-Office, denn er wusste, dass sich der Mann namens Roy Kincade gerade dort aufhielt, und dass Cummings vor einiger Zeit dort gewesen war.

„Seid ihr soweit?", fragte Buchanan den breitschultrigen Jenkins. Dieser nickte und klopfte auf die Satteltaschen. Jeder der Männer bewachte ab jetzt die Dollars aus der Bank von Gilbert Cummings. Rund gerechnet 30.000 Dollars. Eine ganz schöne Summe, und umso gefährlicher war es, sie durchs Indianerland zu transportieren.

„Dann los!", rief der hagere Revolvermann und trieb sein Pferd als erster an. Er gab ihm die Zügel frei, und das Tier spurtete sofort los. Die anderen stießen schrille Schreie aus und ließen die Pferde ebenfalls losgaloppieren. Buchanan wollte, dass jeder in Tucson sah, wann der Geldtransport aufbrach. Er wusste, dass er von den Männern in der Stadt nichts zu befürchten hatte, denn denen steckte allen die Angst vor den Chiricahuas und Mimbrenos in der Kehle.

Als er am Marshal-Office vorbeiritt, glaubte er, für einen winzigen Augenblick die ganz in Leder gekleidete Gestalt eines großen Mannes hinter dem Fenster erkannt zu haben. Dieser Eindruck hielt jedoch nur für Sekunden an. Dann waren er und seine Männer schon außerhalb der Stadt.

*

38

Der hochgewachsene Chiricahua stand einsam am Rande des Felsplateaus. Seine grauen Haare wurden vom heißen Wüstenwind durcheinandergewirbelt, während seine Falkenaugen hinunter in die Ebene spähten. Sein Gesicht war einer unbeweglichen Maske gleich, als er am fernen Horizont die kleine Staubwolke entdeckte, die rasch größer wurde.

Weißaugen waren es, die die Apacheria durchquerten, und sie schienen es eilig zu haben!

Unwillkürlich nahmen seine Augen einen finsteren Glanz an, als sich der Reitertrupp den Felsen näherte. Jetzt konnte der Chiricahua schon mehr Einzelheiten erkennen. Fünf Weiße waren es, und sie trieben ihre Pferde an, als säße ihnen der Teufel im Nacken.

„Willst du sie angreifen, Cochise?", riss den hünenhaften Apachen eine zweite Stimme aus seinen Gedanken. Cochise wandte sich um und blickte in das grinsende Gesicht des Mimbrenohäuptlings Victorio. „Vergiss nicht, das sind die Männer, die uns die Gewehre verschaffen …"

„Du weißt, dass ich deinen Handel mit den Weißaugen nicht billige, Victorio", erwiderte Cochise, ohne den kleineren Mimbreno anzusehen. Er schaute den Weißen nach, die gerade unten in der Senke vorbei ritten und schon wenig später in der Ferne verschwanden.

„Sie bringen uns Waffen, mit denen wir Krieg gegen diese blassen Hunde führen können", antwortete Victorio heftig. „Und es sind gute Waffen. Hast du die vielen kleinen Siege vergessen, die wir schon errungen haben, Cochise? Seit wir einen Teil unserer Krieger mit Gewehren ausgerüstet haben, ist unsere Stärke gestiegen. Und sie wird noch mehr steigen, wenn wir noch mehr Gewehre bekommen."

„Weiße, die ihr eigenes Volk verraten und verkaufen, sind in meinen Augen dreckiges Pack, Victorio. Gut, du bekommst zwar Gewehre von ihnen, aber irgendwann wirst du auch den Preis dafür zahlen müssen." Cochise unterbrach sich für einen Augenblick, bevor er fortfuhr. „Mangas

Coloradas ist tot, und wir können ihn nicht wieder auferwecken. Unser Kampf gegen die Weißen ist auf Dauer aussichtslos."

„Spricht so der Mann, den der große Mangas als unseren Anführer auserwählt hat?", höhnte Victorio und ballte die Fäuste vor Wut. „Cochise, ich sage dir, du hast Unrecht. Wenn erst alle unsere Krieger Gewehre und Munition haben, dann werden wir die Weißen zurück ans große Wasser jagen, von wo sie gekommen sind. Die Mimbrenos werden jedenfalls keine Feiglinge sein. Lieber wollen wir sterben als zusehen, wie uns der weiße Mann unser Land nimmt."

Victorio wandte sich ab. Cochise wusste, dass der Häuptling der Mimbrenos ein großer Hitzkopf war. Er sah nur das Jetzt und blickte nicht in die Zukunft. Aber der hagere Chiricahua spürte den Hauch der neuen Zeit, der auch nicht an den Stämmen der roten Völker vorbeigehen würde. Vor einigen Tagen hatte er eine Vision gehabt. Und nun wusste er, dass Krieg führen der falsche Weg war. Er wollte seinen Kriegern befehlen, sich ruhig zu verhalten. Wenn es eine Chance zu überleben gab, dann entschieden das die Männer im fernen Washington. Cochise wusste, dass harte Zeiten auf sie alle zukamen, und er betete im Stillen zum großen Geist, dass das auch Victorio begriff. Aber er hatte Zweifel. Der Zorn über die feige Ermordung von Mangas Coloradas steckte ihnen allen noch in den Knochen.

„Meine Krieger und ich reiten jetzt zu den Wolfsfelsen", schrie Victorio zu ihm herüber, während er auf den Rücken seines Pferdes sprang. „Morgen bringen uns die Weißaugen noch mehr Gewehre, Cochise. Und wenn sie gelbes Metall dafür haben wollen, dann werden sie es bekommen."

Victorio stieß einen schrillen Schrei aus und trieb sein Pferd an. Die Mimbrenokrieger folgten ihrem Häuptling alle, ohne Ausnahme. Cochise wusste in diesem Augenblick, dass sich Zwietracht unter den Völkern der Apachen ausbreitete, und das wusste auch bestimmt der weiße Mann.

*

Roy sah die Staubwolke schon von weitem, und er zügelte unwillkürlich sein Pferd. Er griff nach der Satteltasche und öffnete den Verschluss. Sekunden später hielt er das Armeefernglas an die Augen und spähte hindurch.

In der aufgewirbelten Staubwolke erkannte er die Umrisse einer Kutsche. Roy erkannte jetzt auch den Mann auf dem Kutschbock, und er trieb das Pferdegespann an wie ein Verrückter. Kincade suchte den Horizont ab, konnte jedoch keine Verfolger entdecken. Er verstaute das Fernglas wieder in der Tasche und ritt hinunter zur Straße. Die Postkutsche hielt direkt auf ihn zu.

Der Kutscher schien ihn schon von weitem zu erkennen. Er hielt die Zügel in Gewahrsam und schrie den Pferden etwas zu. Die Tiere schienen zu begreifen und verlangsamten ihren Galopp.

Kurz vor Roy kam dann die Kutsche zum Stehen. Er registrierte, dass der Driver einen verdächtigen Blick nach der Flinte warf, die neben ihm auf dem Kutschbock lag.

Roy hob die rechte Hand zum Gruß. Der Driver begutachtete ihn misstrauisch, kam jedoch dann zu der Überzeugung, dass ein Weißer keine Gefahr darzustellen schien. Er spuckte einen Strahl Tabaksaft aus.

„Sie müssen wahnsinnig sein, Mann", stellte er dann kopfschüttelnd fest. „Mutterseelenallein durch die Gegend zu reiten ist völlig verrückt! Mister, ist ihnen klar, dass die Apachen auf Kerle wie Sie nur warten?"

Roy wollte gerade etwas erwidern, als aus dem Innern der Kutsche ein grässlicher Fluch ertönte. Jemand steckte den Kopf heraus und beschwerte sich, warum es denn zum Teufel eigentlich nicht mehr weiter ginge.

„Halten Sie das Maul, Spieler!", fuhr ihm der Driver barsch über den Mund. „Ich hab' auch schon so genug Ärger. Seien Sie froh, dass wir 's überhaupt bis hierher geschafft haben, Mann."

41

Roy hielt näher auf die Kutsche zu und erkannte jetzt im Innern drei Gestalten, die ihn neugierig anstarrten. Sie mussten ihn für verrückt halten, denn wer traute sich schon in diesen Zeiten allein in die Deserts?

„Es gab Ärger mit den Chiricahuas", begann der Kutscher jetzt und wies hinter sich. „Meinen Shotgun hat 's böse erwischt. Hat einen Pfeil in den Bauch abbekommen. Weiß der Teufel, ob er noch lebt, wenn wir Tucson erreichen. Kehren Sie lieber um, Mister, wenn Ihnen Ihr Leben noch was wert ist. Die roten Teufel töten Sie auf der Stelle, das sage ich ihnen. Die haben sogar Gewehre. Um Haaresbreite sind wir noch davongekommen, weil eine Armeepatrouille in der Nähe war. Das hat die Bastarde in die Flucht getrieben. Sonst wären wir alle nicht mehr am Leben."

„Wo sind Sie angegriffen worden?", fragte Roy den Driver, während aus dem Inneren der Kutsche ein schwaches Stöhnen zu vernehmen war. „Ich will nach Phoenix und möchte eine Begegnung vermeiden, wenn 's irgendwie geht."

„Das war kurz hinter Casa Grande, Mister", erwiderte der Driver und schob sich den Hut in den Nacken. Sein Gesicht war schweißüberströmt und noch bleich von den Schrecken, die hinter ihm lagen. „Das was Sie in Phoenix zu erledigen haben, das sollte lieber warten. Ein Toter kann keine Geschäfte mehr machen …"

„Nun fahren Sie doch endlich zu, Mann!", rief jetzt der Spieler wieder. Er streckte seinen Kopf heraus und musterte Roy verächtlich von Kopf bis Fuß. „Wenn dieser Verrückte seinen Hals riskieren will, dann ist das doch seine Sache, verdammt nochmal. Ich will nach Tucson, und die anderen Fahrgäste auch. Treiben Sie ihre Pferde endlich an, sonst stirbt uns der Mann hier unter den Händen weg."

Der Driver murmelte etwas Unfreundliches in seinen roten Bart, nickte dann aber.

„Gott sei mit ihnen, Mister", sagte er noch einmal zu Roy, bevor er die Peitsche über den Köpfen der Pferde knallen ließ. Die Tiere trabten sofort los und setzten sich dann in Galopp.

Roy blickte der Kutsche nach. Das, was ihm der Driver gesagt hatte, gab ihm zu denken, aber er hatte sich nun mal in den Kopf gesetzt, nach Phoenix zu reiten.

Vom Fenster des Marshal-Office in Tucson hatte er die Revolvergarde des Bankiers Cummings beobachtet, wie sie zu ihrem Ritt aufgebrochen waren. Irgendetwas haftete diesen Männern an, das Roy hatte misstrauisch werden lassen. Und ein unbestimmter Instinkt sagte ihm, dass das vielleicht eine Spur war, der es sich nachzugehen lohnte. Deshalb hatte er eine Stunde später ebenfalls Tucson verlassen und hatte sich auf die Fährte der Revolvergarde gesetzt.

Die Sonne schien drückend heiß vom Himmel, und es herrschte eine Bullenhitze in der Wüstenlandschaft. Während Roy den Hengst weiter antrieb, achteten seine Augen auf die nähere Umgebung. Er wusste, dass er sich im Land der Chiricahuas und Mimbrenos befand, und er musste sich höllisch vorsehen, wenn er seinen Skalp behalten wollte.

*

Die Sonne neigte sich allmählich gen Westen, als Roy Kincade Phoenix erreichte. Auch zu dieser späten Nachmittagsstunde ließ die drückende Hitze nicht nach, und Roy lief der Schweiß in Strömen übers Gesicht. Aber der Mann in der dunklen Lederkleidung wusste, dass Troy Buchanan und seine Leute ebenfalls unter der Hitze zu leiden hatten, und es gab schließlich wichtigere Dinge, als sich über die Hitze zu beschweren. Phoenix, die Countyhauptstadt, in deren Nähe der Gila River vorbeifloss, war in diesen Tagen ebenfalls am Überquellen. Das Land der Apachen, das sich zwischen Tucson und Phoenix befand, ließ zurzeit keine regelmäßige Verbindung zwischen diesen beiden Städten zu. Der Telegraph war die einzige Möglichkeit, die noch blieb, und selbst die wurde bisweilen von den Indianerhorden mutwillig zerstört.

Roy ritt langsam in die Stadt ein, während seine Augen die Mainstreet nach einem größeren Reitertrupp absuchten.

Von Marshal McLintock hatte er erfahren, dass die Cattlemen's Bank das Ziel von Buchanans Leuten war. Diese Bank, mit der Gilbert Cummings Geschäfte machte, entdeckte Roy schon nach wenigen Augenblicken. Und dann sah er ebenfalls die fünf Pferde, die an einem Pfosten angebunden waren. Ihr Fell war schweißnass und die Sättel staubig vom gelben Wüstensand. Buchanan und seine Leute schienen es ziemlich eilig gehabt zu haben, denn die Pferde machten einen total fertigen Eindruck. Dass man sie jetzt draußen in der Hitze stehen gelassen hatte, machte die Sache noch schlimmer.

Roy zügelte sein Pferd und stieg ab. Er verharrte auf dem Gehsteig und blickte hinüber zur anderen Straßenseite, wo sich das Gebäude der Cattlemen's Bank befand. Ungefähr eine halbe Stunde verging, bis sich die Tür des Gebäudes öffnete und Troy Buchanan mit seinen Männern heraus trat. Der hagere Mann schien seinen Leuten wohl etwas zu erklären, denn Roy sah, dass er mit den Händen heftig gestikulierte.

Schließlich trennte er sich von seinen Kumpanen. Während diese auf den Saloon zu marschierten, der sich einige Häuser weiter auf derselben Straßenseite befand, schlug Buchanan eine andere Richtung ein. Und da Troy Buchanan der Boss des Revolvertrupps war, hielt es Roy für wichtig, diesem Mann zu folgen.

Buchanan bog wenige Yards weiter in eine kleine Seitenstraße ein. Roy beschleunigte seine Schritte, um den Mann nicht aus den Augen zu verlieren. Als er ebenfalls die Seitenstraße erreicht hatte, konnte er gerade noch feststellen, dass Buchanan auf einen Mietstall zuhielt. Was er dort verloren hatte, wusste Roy nicht. Er wusste nur, dass irgendetwas faul an der ganzen Sache war. Sein Instinkt sagte ihm, dass dies die erste heiße Spur war.

Leise und unauffällig näherte er sich ebenfalls dem Mietstall.

*

Der hagere Mann starrte nervös auf die Boxen des Mietstalles, in dem vier Pferde untergebracht waren. Er zog seine Taschenuhr hervor und warf einen kurzen Blick auf das Zifferblatt. Wo zum Teufel steckte denn dieser verdammte Troy Buchanan?

Zwölf Uhr war ausgemacht gewesen, und jetzt war schon fast eine halbe Stunde vergangen, aber der Revolvermann hatte sich immer noch nicht blicken lassen. Der Mann im dunklen Prince-Albert-Rock stieß einen grässlichen Fluch aus. Gerade wollte er den Mietstall verlassen, als er draußen Schritte vernahm. Augenblicke später wurde das Tor geöffnet.

„Verdammt nochmal, Buchanan!", schimpfte der Mann. „Ich warte schon fast eine halbe Ewigkeit auf Sie. Können Sie nicht mal pünktlich sein?"

„Sie haben gut reden, Mister …"

Buchanan wollte seinen Partner mit Namen anreden, als dieser ihm das Wort abschnitt. „Keinen Namen, Buchanan, haben Sie das vergessen?"

Der Revolvermann grinste.

„Ist schon gut, Mann!" Er winkte ab. „Hier sieht uns doch sowieso keiner. Oder glauben Sie, dass in Tucson jemand auf die Idee kommt, dass wir beide unter einer Decke stecken?"

„Sie haben ein zu großes Maul, Buchanan. Haben Sie nicht vor kurzem einen Ihrer Leute bei einem Schusswechsel verloren?"

„Was hat das mit unserem Treffen zu tun? Ich denke, wir wollten über die nächste Waffenlieferung sprechen?"

45

„Gleich, Buchanan!", fuhr der andere fort. „Wir müssen jetzt doppelt vorsichtig sein. Die Leute im Fort haben sich einen Mann kommen lassen, der den Waffenhändlern auf die Schliche kommen soll. Passen Sie ja auf, Buchanan, der Mann ist gefährlich. Er hat schon Darrel getötet …"

„Was, das ist der Bursche?", stieß Buchanan ungläubig hervor. „Ich dachte, bei dem Streit wäre es nur um dieses Flittchen im Saloon gegangen? Nun sieh mal einer an. Dieser Roy Kincade ist also mit Vorsicht zu genießen …"

„Nicht nur das!", unterbrach ihn der Mann, der seinen Namen nicht hören wollte. „Er ist zu gefährlich. Er muss aus dem Weg geräumt werden, und zwar schnell, Buchanan! Je eher, desto besser für uns alle. Also erledigen Sie das sofort, wenn Sie die nächste Waffenladung zu den Rothäuten gebracht haben. Lassen Sie ihn vom Erdboden verschwinden. Kann ich mich darauf verlassen?"

Buchanans Grinsen wurde zu einer teuflischen Grimasse.

„Der Bursche ist schon so gut wie tot!", lachte er gehässig. „Er weiß es nur noch nicht."

„Okay, dann ist ja alles klar. Nun zum Wesentlichen!" Der Mann machte eine kurze Pause, bevor er fortfuhr. „Ich habe Verbindung mit unserem Agenten in Denver aufgenommen. Gegen Abend trifft die versprochene Ladung hier in Phoenix ein. Sie und Ihre Männer übernehmen die Gewehre und machen sich sofort auf den Weg in die Apacheria. Wir dürfen die Rothäute nicht warten lassen, sondern müssen sie bei guter Laune halten. Übrigens, waren die Burschen mit der letzten Lieferung zufrieden?"

Buchanan nickte und griff in seine Hemdtasche. Er zog einen Lederbeutel hervor, den er seinem Gesprächspartner in die Hände drückte.

„Ihr Anteil!", sagte er mit rauer Stimme. „Aber verspielen Sie nicht wieder alles, sonst werden Sie nie Karriere machen."

Die Augen des anderen blitzten vor Wut.

„Mit meinem Geld mache ich, was ich für richtig halte, Buchanan. Mischen Sie sich da ja nicht ein, verstanden? Ich habe bis jetzt alles gut organisiert, und so wird es auch weiterhin sein. Alles andere geht Sie einen Dreck an."

„Bilden Sie sich ja nicht ein, Sie wären was Besseres", erwiderte Buchanan und konnte sein Grinsen nicht verbergen. „Sie kommen in Ihrer Laufbahn nicht weiter, deswegen arbeiten wir doch zusammen, oder? Also, mir ist es egal, was Sie mit dem Geld, machen, aber verspielen würde ich es nicht. Was ist denn, wenn der Waffenhandel nicht mehr klappt?"

„Sie denken zu viel, Buchanan. Räumen Sie diesen Kincade aus dem Weg, klar?"

Der Revolvermann sah ein, dass es kein Weiterkommen mehr gab. Der Mann, der aufgrund seiner Spielleidenschaft diesen höllischen Pakt eingegangen war, hatte verdammt gute Beziehungen zu einigen offiziellen Stellen, und das war es, was er, Buchanan, brauchte. Er selbst würde sich schon rechtzeitig absetzen, wenn das Spiel aufflog.

„Dann ist ja alles besprochen!", meldete sich der Mann ohne Namen wieder zu Wort. „In zwei Wochen treffen wir uns wieder an der gleichen Stelle, und bis dahin muss Roy Kincade weg von der Bildfläche sein, habe ich mich klar ausgedrückt?"

Ja, du Arschloch, dachte Buchanan im Stillen, nickte aber nur stumm.

„Ich kümmere mich selbst darum."

*

Roy Kincade spähte vorsichtig durch die Ritzen der Mietstallwand. Er erkannte Troy Buchanan und einen anderen Mann, dessen Gesicht im Schatten lag. So sehr er sich bemühte, Roy konnte das Gesicht des anderen nur schemenhaft erkennen, aber irgendetwas an der Silhouette des Unbekannten kam ihm sehr bekannt vor.

Kincade lauschte dem Gespräch der beiden Männer. Er bekam mit, um was es ging, und am liebsten hätte er sich die beiden Burschen auf der Stelle vorgenommen. Aber zunächst hieß es noch abwarten.

Als Buchanan Anstalten machte, den Mietstall zu verlassen, musste Roy schnell Deckung hinter einem alten Pritschenwagen suchen, um nicht erkannt zu werden. So bekam er nicht mit, wie der Unbekannte durch den Hinterausgang den Mietstall verließ. Buchanan selbst ging den Weg zur Mainstreet zurück.

Roy wartete ab, bis der Revolvermann um die Hausecke verschwunden war, dann schlich er sich in den menschenleeren Mietstall. Er sah sich kurz um und war gerade dabei, wieder hinauszugehen, als ihm das Blinken auf dem Boden auffiel. Roy bückte sich.

Es war ein silberner Knopf mit einem Adler als Verzierung. Roy hatte mitbekommen, dass der Unbekannte, dessen Gesicht er nicht gesehen hatte, einen dunklen Anzug trug, und wahrscheinlich gehörte der Knopf zu diesem Anzug. Ein kleiner Hinweis nur, aber besser als gar nichts. Mit dem Gedanken, wenigstens einen kleinen Schritt weitergekommen zu sein, verließ Roy den Mietstall.

*

Cullen blickte aus dem schmierigen Glasfenster des Red Dog Saloons. Der Mann aus Troy Buchanans Revolvertruppe saß mit seinem Kumpan Fisher an einem klapprigen Tisch und trank billigen Redeye.

„Heute Nacht geht 's los, Cullen!", ermahnte ihn Fisher, der sich mit dem Trinken etwas zurück hielt. „Also sauf nicht so viel, sonst kriegst du Ärger mit Troy."

„Ach, halt doch die Klappe!", stieß Cullen wütend hervor. „Ich mach' meinen Job gut, und alles andere geht Buchanan einen Dreck an. Wenn ich saufen will, dann ist das meine Sache!"

Fisher wollte gerade dazu etwas sagen, als sein Blick durchs Fenster hinüber auf die andere Straßenseite fiel.

Das Whiskeyglas, das er in den Händen hielt, entglitt seinen Fingern und zerplatzte auf dem Fußboden.

Cullen blickte seinen Kumpan erstaunt an.

„Sag' mal, bist du jetzt vollkommen verrückt, Mann?", sagte er und schüttelte den Kopf über die Tollpatschigkeit Fishers. „Du bist wohl derjenige von uns beiden, der am meisten gesoffen hat und …"

„Schnauze, Mann!", zischte Fisher. „Mann, sieh mal da drüben auf dem Gehsteig. Das ist doch der Bursche, der Rafe umgenietet hat. Ich hab ihn wiedererkannt!"

„Was will der denn hier in Phoenix?", fragte sich Cullen. „Marshal McLintock hat ihn wohl aus der Stadt gejagt, nehme ich an."

Fisher erhob sich ruckartig aus seinem Stuhl und langte nach dem Stetson auf dem Tisch.

„Troy hat mir vor zwei Stunden was gesagt, worüber ich mir die ganze Zeit den Kopf zerbreche, Cullen", klärte er den Gefährten auf. „Und dass dieser Bursche jetzt ausgerechnet in der Stadt ist, wo wir auch hier sind, gefällt mir ganz und gar nicht. Ich geh' jetzt gleich los und informiere Troy. Du siehst zu, dass du dich an die Fersen dieses Kerls hängst, ist das klar?"

„Wenn du meinst …" Wehmütig blickte Cullen auf die Flasche Redeye, von der er sich jetzt wohl oder übel verabschieden musste. „Ich hab' zwar keine Ahnung, was das bringt, aber ich mache es. Wir treffen uns hinterher in Joe' s Boardinghouse, okay?"

Fisher nickte und preschte los. Cullen eilte ebenfalls aus dem Saloon und bekam gerade noch mit, wie der große Mann im schwarzen Lederanzug auf das „President Hotel" zuhielt.

*

49

In der Ferne waren die Lichter des Vergnügungsbezirks von Phoenix zu erkennen, die den nächtlichen Himmel erhellten. Dort flossen das Bier und der Whiskey in Strömen, und gar manch wackerer Cowboy verspielte und versoff seinen kargen Lohn in einer einzigen Nacht.

Die Männer, die sich zu dieser späten Stunde auf dem Hof von Benson's Freight Company aufhielten, hatten nicht viel mit Liebe und Spiel im Sinn. Sie hatten andere Ziele.

„Beeilt euch!", zischte Troy Buchanan seinen Männern zu, als er das brennende Licht im Office der Freight Company sah. „Los, wir werden schon erwartet …"

Die Revolvermänner, die ihre Pferde am Zügel in den Hof führten, spähten misstrauisch um sich, aber es lauerten keine Gefahren. Der Mann, mit dem Buchanan zusammenarbeitete, hatte bereits alles geregelt. Er hatte mit der Freight Company das Abkommen getroffen und auch dafür gesorgt, dass Waffen und Munition schon bereit standen. Buchanan und seine Leute brauchten die Ware nur noch abzuholen und zu den Rothäuten zu schaffen, so einfach war das.

Jetzt öffnete sich die Tür des Freight Offices, und ein glatzköpfiger Kerl in einem schmierigen Hemd trat den Männern entgegen.

„Es ist alles vorbereitet, Buchanan", sagte er zu dem Anführer des Revolvertrupps. „Kommt mit rüber zu den Schuppen! Wagen und Pferde stehen schon bereit …"

Buchanan nickte stumm und folgte dem Glatzkopf. Staunend musste er wiederum feststellen, wie gut sein Partner alles organisiert und geplant hatte. Als Buchanan mit seinen Leuten die Wagenschuppen betrat, war der Planwagen bereits fertig beladen, und die Pferde waren auch schon eingespannt.

„Ihr könnt gleich losfahren!", sagte der Frachtangestellte zu Buchanan. „Und macht leise, dass es niemand mitbekommt. Buchanan, Sie wissen, dass ich sonst Schwierigkeiten bekomme."

„Nun machen Sie nicht gleich vor lauter Angst in die Hose, Mann", antwortete Buchanan heftig. „In wenigen Minuten sind wir weg von hier, und Sie können sich wieder auf die faule Haut legen. Los, Männer", wandte er sich dann an seine Gefährten. „Jenkins und Wayne, rauf auf den Bock. Die anderen reiten nebenher. Alles klar?"

Die Männer nickten. Sie waren ein eingespieltes Team und brauchten keine unnötigen Fragen zu stellen.

*

Als die Dunkelheit über Phoenix hereinbrach, machte sich Roy Kincade daran, seinen Plan in die Tat umzusetzen. Nachdem er herausgefunden hatte, in welchem Hotel sich Troy Buchanan einquartiert hatte, war es ein leichtes für ihn, festzustellen, wann er sein Zimmer verließ.

Kincade, der im gegenüber liegenden Ace Saloon solange gewartet hatte, bis Buchanan wieder heraus kam, folgte ihm unauffällig, und das bereitete ihm gar keine Mühe. Phoenix entpuppte sich als wahrer Hexenkessel des Lasters, sobald die Sonne unterging. Cowboys von den umliegenden Ranches gaben sich hier ein Stelldichein, um den Teufel am Schwanz zu ziehen. Dutzende von Saloons und Vergnügungsstätten hatten Hochbetrieb und so fiel ein einzelner Mann in diesem Gedränge gar nicht auf.

Kurz vor Einbruch der Dämmerung hatte Roy bereits sein Pferd gesattelt, denn er ahnte, dass etwas bevor stand und er schnell handeln musste. Er führte sein Pferd am Zügel und folgte den Revolvermännern, und als er feststellte, dass ihr Ziel die Freight Company war, band er sein Tier am Pfosten vor einem Drugstore an.

Geduckt schlich er sich auf die andere Straßenseite. In dieser Ecke von Phoenix hielten sich zu dieser Stunde keine Menschen mehr auf. Die Saloons lagen weiter oberhalb, also konnte Roy damit rechnen, dass ihn niemand beobachtete, wenn er sich in die Nähe des Frachthofes schlich.

51

Und dann sah er Buchanan und seine Leute, wie sie aus einer der Hallen kamen. Zwei von den Männern saßen auf dem Kutschbock eines Planwagens, und für Roy gab es keine Zweifel mehr, dass diese Ladung für die Indianer bestimmt war. Waffen, die die Fackel des Krieges lichterloh emporschießen ließen!

Roy versuchte, noch ein wenig näher heranzukommen, um Einzelheiten zu erkennen. Die Revolvermänner rüsteten sich zum Aufbruch, also blieb keine Zeit mehr, um Lieutenant Taylor zu benachrichtigen. Bis Roy den Telegrafisten aus dem Bett geworfen hatte, waren Buchanan und seiner Leute bestimmt längst in den Deserts verschwunden. Und ihnen musste er auf den Fersen bleiben!

Plötzlich spürte er eine huschende Bewegung hinter sich. Roy duckte sich und versuchte, herumzuwirbeln, aber es war zu spät. Etwas traf ihn mit schmerzhafter Wucht im Nacken und ließ ihn taumeln. Vor Roys Augen tanzten rote Nebelschleier, und er fühlte, wie eine bleierne lähmende Kraft von ihm Besitz ergriff.

Der Mann im schwarzen Lederanzug brach lautlos zusammen.

Das hämische Grinsen des Mannes, der ihn von hinten niedergeschlagen hatte, sah er nicht mehr.

*

„He Troy!", rief Fisher mit verhaltener Stimme hinüber zum Frachthof. "Ich hab' ihn soeben erwischt!"

Buchanan, der gerade dabei war, in den Sattel seines Pferdes zu steigen, hielt inne und wandte den Kopf. Seine Augen erspähten Fisher, dessen Gestalt sich im silbernen Mondlicht drüben bei den Schuppen abzeichnete.

Der Revolvermann saß sofort auf und trieb sein Pferd an, hinüber zu der Stelle, wo die bewegungslose Gestalt im gelben Staub lag.

„Es ist dieser Kincade, Troy!", fuhr Fisher fort und grinste triumphierend. „Ich hab' ihn nicht aus den Augen gelassen, wie du 's mir gesagt hast. Der Kerl schnüffelte hinter uns her, und da hab' ich ihm eins über den Schädel gegeben. Der schläft erst mal einige Stunden."

„Wir nehmen ihn und sein Pferd mit, Fisher", entschied Buchanan. „Draußen in den Deserts rechnen wir dann mit ihm ab. Hast du sein Pferd?"

„Ist drüben angeleint", erwiderte Fisher. „Ich hole es, Troy."

Buchanan wandte sich im Sattel um, während Fisher kurz darauf mit seinem Pferd zurück kam, den bewusstlosen Kincade aufs Pferd wuchtete und dort festband.

„Nun macht schon und guckt keine Löcher in die Luft!", rief er. „Wir haben keine Zeit zu verlieren. Und du, Mason, hast nichts gehört und gesehen, ist das klar?"

Der Glatzkopf nickte stumm. Für ihn war es klar, dass der Bursche, der hier herumgeschnüffelt hatte, spurlos von der Bildfläche verschwand. Es gab viele, die in die Deserts ritten und nicht mehr zurück kehrten. Und dann kamen noch diese blutrünstigen Chiricahua-Banden, die das Land draußen in ein Meer von Blut tauchten.

Mason, der Frachtagent wandte sich ab und schlurfte mit schweren Schritten zu seinem Office zurück, wo eine Whiskeyflasche auf ihn wartete. Unterdessen brachen Buchanan und seine Revolvermänner in die Deserts auf und verließen Phoenix in südlicher Richtung. Den Hufschlag der Pferde verschluckte die Nacht.

*

Tausend Teufel feierten ein Freudenfest in Roys Schädel. Er stöhnte laut und versuchte sich zu bewegen, bemerkte aber dann doch, dass ihn irgendetwas daran hinderte.

Roy wollte die Augen öffnen, aber die Lider waren immer noch schwer wie Blei. Zudem drückte irgendetwas Hartes gegen seinen Magen und verursachte zusätzliche Übelkeit.

Als er das zweite Mal zu sich kam, war der Druck im Magen verschwunden, bewegen konnte er sich jedoch immer noch nicht. Roy kämpfte verzweifelt gegen die Schleier der Bewusstlosigkeit an, die nur zögernd von ihm wichen.

Schließlich gelang es ihm, die Augen zu öffnen. Was er als erstes sah, waren die schmutzigen Stiefel eines Mannes. Erst dann hörte er das dreckige Lachen mehrerer Leute, die sich in seiner unmittelbaren Nähe befinden mussten.

„Wird Zeit, dass du wach wirst, Kincade", vernahm Roy eine meckernde Stimme. „Wir haben schon gedacht, dass Fisher ein wenig zu fest zugeschlagen hat …"

Roy erkannte Troy Buchanan, der ihn grinsend anblickte, und dann erst stellte er fest, dass sie ihm die Hände und Beine gefesselt hatten. Mit gespreizten Armen und Beinen hatten sie ihn an vier Holzpflöcke festgebunden und der grellen Morgensonne ausgesetzt, die direkt auf sein Gesicht schien. Roy musste unwillkürlich blinzeln.

„Es ist doch noch kühl, Kincade!", lachte Buchanan aus vollem Halse. „Warte doch erst mal ab, bis es Mittag wird. Dann hast du 's wenigstens schön heiß hier. Frieren wirst du bestimmt nicht …"

„Warum jagen wir ihm nicht einfach eine Kugel in den Kopf?", erkundigte sich Jenkins, der nicht begriff, weshalb Buchanan den ganzen Zauber veranstaltete. „So gehen wir doch wenigstens sicher, dass wir ihn los sind, Troy?"

Buchanan schüttelte den Kopf.

„Ich will, dass dieser Schnüffler eine Quittung bekommt, Jenkins", sagte er, ohne Kincade aus den Augen zu lassen. „Die Sonne soll ihn braten, bis er krepiert. Vielleicht begreift er dann, dass es besser war, sich nicht einzumischen. Oder siehst du das anders, Kincade?"

Roys Kehle wurde trocken. Er wusste genau, was Buchanan mit ihm vorhatte. Liegenlassen für die Geier wollten ihn diese Bastarde. Die Bussarde würden sich freuen, und er war hilflos.

„Schneide mich los, du Hundesohn!", krächzte Roy mit einer Stimme, die ihm selbst fremd vorkam. „Dann tragen wir beide es aus und ..."

Ein schmerzhafter Tritt traf Roys Rippen, dass er laut aufstöhnte. Buchanan lachte.

„Das ist für den Hundesohn, du Großmaul!", brüllte er wütend. „Am liebsten würde ich zusehen, wie du Stunde für Stunde krepierst, aber dafür haben wir keine Zeit mehr. Aber die Geier werden sich schon noch genügend mit dir beschäftigen, du elender Schnüffler."

„Wer ist der Mann, mit dem du zusammenarbeitest, Buchanan?", fragte Roy. „Jetzt kannst du es mir ja sagen, oder? Ich habe euch beide nämlich im Mietstall gesehen."

„Einen Dreck werde ich tun, Kincade", erwiderte Buchanan heftig und versetzte Roy nochmals einen Tritt in die Seite. „Fahr zur Hölle, du Bastard und denk an uns, wenn dich der Teufel holt. Los, Männer, die Rothäute warten schon auf uns. Und die wollen wir nicht warten lassen."

Ohne Roy noch eines Blickes zu würdigen, stapfte er hinüber zu seinem Pferd und verschwand aus Roys Blickfeld. Augenblicke später ertönten Hufschläge. Buchanan und seine Revolvermänner ritten davon. Südwärts, das war das Einzige, was Roy feststellen konnte.

Nachdem der Hufschlag verklungen war, zerrte Roy an seinen Fesseln, aber sie saßen zu fest. Es war zwecklos, denn so vergeudete er nur seine Kräfte, und die musste er sich aufsparen, denn die Sonne wurde tagsüber zum Glutball. Auch jetzt schon schickte sie ihre sengenden Strahlen auf die öden Deserts, und Roy fühlte, wie ihm der Schweiß ausbrach.

Er versuchte, den Kopf zu drehen, um nicht direkt in das grelle Licht zu starren, aber er schaffte es nicht ganz. Diese Hundesöhne hatten ihn so gefesselt, dass sein Gesicht dem Glutball nicht entfliehen konnte. Die Sonne würde seine

Gesichtshaut allmählich verbrennen und ihn anschließend wahnsinnig machen.

Die Zeit verrann träge. Die Sonne befand sich mittlerweile fast im Zenit. Keine Wolke stand am Himmel. Es war unerträglich heiß zu dieser Stunde. Die Deserts waren eine Hölle für Mensch und Tier, und um die Mittagszeit verkrochen sich sogar die Präriehunde in ihren Bau, weil sie die Sonnenglut fürchteten.

Roy Kincade konnte nicht fliehen. Er musste die qualvollen Torturen ertragen, und das war die Schuld von Troy Buchanan und seinen Revolvermännern. Langsam sterben sollte er, das hatten sie ihm gewünscht, aber Roy war hart und zäh. Er wollte nicht sterben, nicht so!

Seine Augen hatte er nur einen Spalt weit geöffnet, um dem gleißenden Licht zu entgehen, trotzdem konnte er es nicht verhindern, dass das grelle Licht wie tausende von Nadeln in seinem Gehirn Schmerzen verursachte. Eine wahrhaft höllische Art, den Weg ins Jenseits anzutreten.

Fieberphantasien gaukelten vor Roys Augen, und die Zunge in seinem Mund fühlte sich an wie ein geschmackloser, pelziger Klumpen, der ihn fast erstickte.

Roy lechzte nach Wasser, aber wo sollte es herkommen, hier in den Deserts? Sie hatten ihn mitten in der Wüste zum Sterben liegen lassen. Vielleicht hielt er es den nächsten Tag noch aus, wenn sein Wille stark war. Spätestens dann würde die unbarmherzige Sonne sein Hirn weichgekocht haben.

Am Himmel kreisten die ersten Bussarde, und Roy hörte ihr schrilles Krächzen. Die gefiederten Todesboten hatten längst entdeckt, dass dort unten im Sand ein hilfloses Opfer lag, das sich nicht wehren konnte. Es war nur eine Frage der Zeit, bis die ersten Vögel in seine Nähe kamen.

Roy brach der Angstschweiß aus, als er sich an Geschichten erinnerte, wo Bussarde Menschen angegriffen hatten, die noch am Leben waren. Ihre scharfen Schnäbel und Krallen würden ihm einen qualvollen Tod bereiten.

„Ihr sollt mich nicht kriegen, ihr Bussarde ...", krächzte Roy und erinnerte sich in diesem Augenblick an die Worte seines Freundes Tom Calhoun, der gesagt hatte, dass man für einen Vogel noch so lange lebendig war, wie man sich bewegen und vor allem schreien konnte.

Roy spürte eine unbändige Sehnsucht nach der Brasada und Rancho Bravo, der Ranch seiner Freunde, aber er durfte sich nicht gehen lassen, sonst war es schneller aus mit ihm, als er glaubte. Roys Überlebenswille war stark, das war seine einzige Hoffnung.

Die ersten Bussarde zogen immer niedrigere Kreise und landeten schließlich nicht weit von dem gefesselten Roy.

„Verschwindet!", brüllte Roy so laut er nur konnte und bewegte seinen gefesselten Körper. Dieser laute Schrei erschreckte den Bussard und er erhob sich wieder in die Lüfte.

Für den Augenblick war wieder Ruhe, aber Roy wusste, dass es nur noch eine Frage der Zeit war, bis sich die Vögel nicht mehr von seinen Schreien zurückschrecken ließen. Und dann war der Tod nicht mehr weit.

Eine halbe Ewigkeit später ließen sich wieder zwei Vögel im Wüstensand nieder, diesmal schon fast greifbar. Erbarmungslose Augen starrten Roy wissend an. Die Bussarde hatten Zeit!

„Ihr sollt weggehen!", schrie Roy so laut, dass ihm die ohnehin schon trockene Kehle schmerzte. „Verschwindet, ihr Bestien!"

Fast höhnisch schien der Blick der beiden Bussarde, die auf Roys Geschrei überhaupt nicht reagierten. Stattdessen sah Roy bestürzt, dass noch drei weitere Vögel gelandet waren, diesmal in der Nähe seines Kopfes.

Gleichzeitig spürte er ein Ziehen an seinem rechten Hosenbein. Roys Kopf fuhr herum. Er sah, wie einer der

Bussarde mit seinen scharfen Krallen an seiner Hose zerrte und gleich darauf mit dem Schnabel auf den Stiefel einhackte.

Roy versuchte, das Bein zu bewegen, aber der Vogel ließ sich nicht abschrecken. Er machte weiter.

Das ist also das Ende, durchfuhr es Roy. Er hatte es einfach nicht wahrhaben wollen, dass der Tod seine Finger nach ihm ausgestreckt hatte, und nun war die Stunde gekommen, wo er den langen Trail antreten musste.

Seine Augen richteten sich auf einen der Bussarde, der mit wild schlagenden Flügeln auf seinen Kopf zusprang.

Gott, lass es schnell gehen, dachte Roy, als der Schatten des Vogels die Sonne verdunkelte.

*

Cochise blinzelte mit den Augen, als er in das grelle Licht der Sonne blickte. Er sah die gefiederten Todesboten, die schon seit geraumer Zeit über einer ganz bestimmten Stelle kreisten. Ein eindeutiges Zeichen. Dort hinten zwischen den Hügeln hatte der Tod zugeschlagen!

„Ein verendetes Tier?", fragte der junge Nahto wissbegierig, den Cochise mit auf die Jagd genommen hatte. „Sollen wir hin reiten und nachsehen, Cochise?"

Der grauhaarige Häuptling der Chiricahua-Apachen nickte stumm.

„Die Gila-Wüste ist mörderisch für Mensch und Tier", sagte er wissend. „Trotzdem sollten wir wissen, was in der Apacheria vor sich geht. Lass uns reiten, Nahto."

Ohne viel Worte zu machen, ging Cochise hinüber zu seinem Pferd und saß auf. Der junge Nahto kam nicht umhin, Cochise zu bewundern. Trotz seines Alters steckte noch in seinem Körper die Kraft eines starken Kriegers. Sein großes Wissen und seine kämpferischen Fähigkeiten hatten ihn zu dem gemacht, was er war – das Oberhaupt zahlreicher Apachenstämme!

Nahto folgte ihm, und gemeinsam ritten die beiden Chiricahuas zu der Stelle, wo die Bussarde kreisten. Der Ort lag verborgen hinter einer Anhöhe, wo die beiden Krieger der Wüste ihre Pferde zügelten und abstiegen. Cochise nahm seinen Bogen an sich und folgte dem schmalen Pfad, der den Hügel hinauf führte.

Cochise blickte sich um und deutete dem jungen Nahto mit einer Geste an, sich leise und ruhig zu verhalten. Der Chiricahua nickte und schlich sich ebenfalls gebückt voran, bis er den höchsten Punkt des Hügels erreicht hatte.

„Ein Weißauge!", zischte Nahto überrascht, als er den gefesselten Mann entdeckte, wo sich gerade die Bussarde niedergelassen hatten, um ihre schreckliche Arbeit durchzuführen. „Er wird sterben durch die Klauen der Bussarde. Wieder einer weniger, der uns das Land stiehlt und uns töten will …"

Cochise erwiderte nichts, sondern starrte auf das Schauspiel direkt vor seinen Augen. Der Chiricahua wusste nicht, wer den Weißen zum Sterben verurteilt hatte. Er selbst war ein Mann des Friedens, der eingesehen hatte, dass die Weißen auf lange Sicht gesehen die Stärkeren waren, und dass es gut war, mit ihnen in Frieden zu leben. Aber es gab auch Teile seines Stammes, die anderer Meinung waren. Cochise dachte an den heißblütigen Victorio, der den bedingungslosen Krieg gegen alle Weißaugen predigte und zur großen Schlacht aufrief.

Vielleicht hatten er und seine Kriegerhorden den Weißen erwischt und wollten ihn so sterben lassen. Cochise kannte die Wahrheit nicht, aber sein Gefühl sagte ihm, dass es besser war, die Wahrheit zu wissen, denn nur wer die Zusammenhänge kannte, besaß Weisheit.

Fassungslos sah Nahto zu, wie sich Cochise den Bogen zurecht legte und nach einem Pfeil griff.

„Was hast du vor, Cochise?", fragte der junge Nahto atemlos. „Willst du den Weißen von seinen Qualen erlösen? Lass ihn doch qualvoll sterben. Er hat es verdient …"

„Woher willst du das wissen?", fragte ihn Cochise. „Er ist ein Mensch, der von einem anderen zum Tode verurteilt worden ist. Nahto, ich will wissen, was in der Apacheria vorgeht, und deswegen werde ich mit diesem Weißauge dort sprechen. Und nun pass auf …"

Cochise legte einen Pfeil auf die Sehne seines Bogens und ließ sich Zeit mit dem Zielen. Seine Augen flackerten kurz auf, als er die Bogensehne losließ.

*

Der hässliche Schnabel des Bussards befand sich vor Roys Kopf. Er schloss die Augen, denn er wollte das Grauen nicht mehr sehen.

Plötzlich nahmen seine Ohren ein leises Zischen wahr. Augenblicke später ertönte ein dumpfes Geräusch. Roy riss die Augen auf und sah, dass der Vogel von einem Pfeil getroffen worden war. Der Bussard schlug noch einmal kurz mit den Flügeln wild um sich, richtete aber sonst keinen Schaden mehr an.

Der Rest der Vögel suchte das Weite. Ein lautes Gekrächze ertönte, als sich die gefiederten Todesboten in die Lüfte erhoben und von ihrem Opfer abließen. Roy kannte den Grund nicht, aber er atmete spürbar auf.

Die beiden Krieger sah er erst, als sie schon fast vor ihm standen. Plötzlich fiel ein Schatten über sein Gesicht, und Roy hob den Kopf.

Der Apache, der vor ihm stand, war groß und kräftig für seine Rasse. Eisgraue Haare wurden von einem verwaschenen Stirnband gezügelt, und seine breiten Schultern bedeckte ein Kattunhemd. Kincade erkannte ihn sofort – auch wenn bereits einige Jahre vergangen waren, seit er ihn zum letzten Mal gesehen hatte. Es war Cochise, der Häuptling der Chiricahua-Apachen.

In seiner Begleitung war ein junger Krieger, dessen Oberkörper nackt war. Wut leuchtete Roy entgegen, als er in die

Augen des Jüngeren blickte, und Roy begriff, dass der Krieger nicht verstand, weshalb Cochise den Bussard getötet hatte, nur um das Leben des weißen Mannes zu retten.

Roy besaß gute Menschenkenntnis, und er konnte dies in den Gesichtern der beiden Apachen erkennen. Roy wusste nicht, wie es jetzt weiter ging. Hatte Cochise den Bussard nur getötet, um Roy anschließend zu quälen? Das konnte eigentlich sein, denn der Häuptling und er waren einmal so etwas wie Freunde gewesen. Roy wusste es aber letztendlich nicht, wie sich Cochise jetzt verhalten würde, aber er spürte, dass er jetzt etwas sagen musste.

„Danke!", sagte er zu ihm und erkannte seine eigene Stimme kaum noch. Eine Spur eines Lächelns huschte um die Lippen des Chiricahua.

„Die geflügelten Todesboten wollten dir die Augen aushacken, Weißauge!", sagte Cochise. „Wir kamen noch rechtzeitig, um es zu verhindern. Es ist lange her, seit wir uns zuletzt begegnet sind, Kincade. Was hast du diesmal in der Apacheria zu suchen?"

Roy wusste, dass Cochise sicher bemerken würde, wann er die Wahrheit sagte und wann nicht, deshalb beschloss er, ihm reinen Wein einzuschenken. Vielleicht rettete das sein Leben.

„Ich bin nicht dein Feind, Cochise", erwiderte er. „Damals nicht, und heute auch nicht. Diesmal bin ich auf der Spur einiger Weißer, die mich töten wollten. Es sind gewissenlose Schurken, die dein Volk ins Unglück stürzen wollen, Cochise."

Die Augen des Grauhaarigen richteten sich jetzt aufmerksam auf Roy, als er dessen Worte vernahm.

„Ins Unglück stürzen?", fragte er und lächelte bitter. „Gibt es nicht genug Weiße, die uns alle tot sehen wollen, Kincade? Erzähle mir mehr von den Männern, die dich umbringen wollen, und dann werde ich entscheiden …"

Keine Spur von Angst war in Roy, als er fortfuhr.

„Es sind Waffenhändler“, sagte der Texaner. „Sie wollen den Apachen Gewehre verkaufen. Es wird Krieg geben, und du weißt bestimmt, dass die Weißen dann in der Überzahl sind. Und ihr werdet einen Krieg verlieren. Darauf warten die Waffenhändler. Sie wollen euer Land und das Gold in den Deserts.“

„Alle Weißen wollen Gold!“, erwiderte Cochise, der noch keine Anstalten machte, Roy loszuschneiden. „Nicht ich bin es, der den Krieg will, sondern einige junge ungestüme Krieger wie Victorio. Sie stürzen mein Volk ins Unglück, und ich kann sie nicht daran hindern. Binde den Weißen los, Nahto“, sagte er dann zu dem jungen Krieger. „Seine Augen sind gut – und er kämpfte einmal an meiner Seite.“

Nahto erwiderte nichts darauf, aber sein Blick zeigte deutlich, dass er mit Cochises Entscheidung nicht einverstanden war.

„Ich danke dir, Cochise“, sagte Roy erleichtert, denn jetzt sorgte das Schicksal dafür, dass sich ihre Wege erneut kreuzten.

„Du hast einen guten Blick, Kincade“, erwiderte der Chiricahua. „Um der alten Zeiten willen lasse ich dich am Leben, obwohl du in unserem Land nichts verloren hast. Nahto, gib ihm zu trinken. Und dann will ich deine Geschichte hören!“

Roys Hand- und Fußgelenke schmerzten höllisch, als das angestaute Blut wieder zurück schoss. Aber der Schmerz ebbte schnell wieder ab.

Dankbar nahm er den Beutel aus Ziegenhaut aus Nahtos Händen entgegen, und er spürte den Zorn des jungen Kriegers, der ihm immer noch feindliche Blicke zuwarf. Langsam nahm er einen kleinen Schluck und spülte seinen Mund aus. Erst dann trank er nochmals, und wieder nur kleine Mengen.

„Nahto und ich waren auf der Jagd, als wir die Bussarde entdeckten, Kincade“, berichtete Cochise. „Und dann sahen wir dich. Nahto war dafür, dass du stirbst, aber ich wollte wissen, wer dich zum Tode verurteilte. Es waren Waffenhändler, sagtest du?"

Roy nickte und erklärte dem grauhaarigen Chiricahua seinen Auftrag. Er erzählte, dass er im Auftrag General Carletons und der Armee unterwegs war, um einen groß angelegten Krieg zu verhindern. Cochise hörte ihm aufmerksam zu, während sich Nahto um die Pferde kümmerte. So erfuhr der Chiricahua-Häuptling von Troy Buchanan und dem Waffenhandel.

„Victorio macht mit diesen Leuten Geschäfte, Kincade", berichtete Cochise jetzt seinerseits. „Ich weiß, dass Victorio ein Hitzkopf ist, aber bedenke, ihr Weißen seid es gewesen, die uns herausgefordert haben. Mangas Coloradas wurde von Leuten deiner Hautfarbe feige ermordet. Du erinnerst dich sicher noch, oder? „

„Nicht jeder Weiße ist schlecht!", entfuhr es Roy unwillkürlich. „Es gibt gute und schlechte Menschen, genau wie bei deinem Volk."

„Für einen Weißen bist du weise", setzte der Häuptling die Unterredung fort. „Ich will, dass wir alle in Frieden leben, und der Tod von Mangas Coloradas soll von nun an gerächt sein. Was Victorio tun wird, befürchte ich, ist ein großer Krieg. Ich will ihn nicht, und die Stammesältesten wollen ihn auch nicht. Victorio begreift es nicht, und bis er es versteht, ist alles zu spät. Kincade, wenn du die Waffenhändler suchst, dann sollten wir zusammen reiten."

Roy atmete innerlich auf. Erst jetzt begriff er, welches Unheil gewissenlose Politiker und Generäle im fernen Washington verursachten, indem sie Krieg gegen die Indianer forderten.

Cochise war ein weiser Mann, und hätte er eine andere Hautfarbe besessen, so wäre er sicherlich ein Herrscher von Format geworden. Er hatte den notwendigen Weitblick, um Dinge vorauszuahnen, die das Schicksal des roten Volkes bestimmten.

„Victorio ist schon seit heute Nacht mit einer Krieger-
bande unterwegs!", fuhr Cochise fort. „Sie wollen rauben
und plündern."

„Die Waffenhändler werden sich mit ihnen treffen", fügte
Roy hinzu. „Ich bekam mit, dass sie nach Süden geritten
sind."

„Dann kenne ich ihr Ziel", sagte Cochise. „Es wird bei den
Geierfelsen sein, wo Victorio auf die Waffen wartet. Kin-
cade, ich kenne einen Weg, der uns schneller dort hinführt.
Wir können die Waffenhändler überholen und noch am
Abend dort sein. Wenn Victorio im Morgengrauen dort ein-
trifft, könnten wir schon alles vollendet haben."

Roy wusste nicht genau, worauf der Chiricahua-Häuptling hinaus wollte. Er begriff aber, dass Cochise den Waffenhandel mit allen Mitteln verhindern wollte, und das war
auch sein Ziel.

Die Blicke des Weißen und des Apachen waren sich einig,
es bedurfte keiner großen Worte mehr.

„Bring die Pferde, Nahto!", rief Cochise dem jungen Krieger zu. „Wir werden aufbrechen und die weißen Waffenhändler suchen!"

Nahto nickte stumm und holte die beiden Pferde am Zügel. Cochise ließ den jungen Krieger hinter sich aufsitzen,
während Roy das zweite Pferd bekam. Wenig später brachen die Chiricahuas und der weiße Mann nach Süden auf.
Dort, wo sich Victorio mit den Waffenhändlern treffen
wollte.

*

„Weshalb konnten wir nicht in Phoenix übernachten?",
schimpfte Cullen und blickte missmutig auf die Sonne, die
in einem roten Feuerball am Horizont versank. „Mensch,
diese Molly hat mich ganz schön durcheinandergebracht."

„Wärst wohl jetzt gern mit ihr zusammen?", lachte Fisher
und zündete sich eine Zigarette an. Tief sog er den Rauch

64

ein und grinste. „Ich kann dich ja verstehen. Die Kleine sah wirklich scharf aus und …"

„Mann, sie sah nicht nur so aus!", unterbrach ihn der Kumpan wütend. „Sie war es auch. Ich wollte gerade mit ihr aufs Zimmer gehen, als Troy kam. Mist, verdammter!"

Er schaute hinüber zu dem Planwagen, wo Buchanan noch herum hantierte. Sein Gesicht verfinsterte sich automatisch, als er den Boss sah. Schließlich hatte er es ihm zu verdanken, dass die heiße Nacht mit Molly fehlgeschlagen war. Fisher bemerkte den wütenden Blick Cullens.

„Lass das ja nicht Troy hören, Amigo", sagte er. „Du weißt, was er davon hält. Er bezahlt dich für diesen Job, und da kann er auch verlangen, dass du das tust, was er will. Und jetzt reg' dich ab, er kommt nämlich hierher."

Buchanan hielt genau auf Fisher und Cullen zu. Er wies hinüber auf den Planwagen.

„So, ich hab' mir die Gewehre nochmal angesehen. Die Ladung ist okay. Schließlich kann man nie wissen."

„Ist doch egal, wie die Flinten aussehen!", bemerkte Cullen, der immer noch wütend war. „Hauptsache, die Rothaut gibt uns das Gold dafür und …"

„Schnauze, Cullen!", herrschte ihn Buchanan an. „Du hast nur Kuhscheiße im Gehirn, Mann. Das soll nicht die letzte Ladung für die Rothäute sein, sondern ich will noch mehr machen. Geht das in deinen Bauernschädel rein, Cullen? Deshalb müssen die Gewehre in Ordnung sein. Was glaubst du, was passiert, wenn Victorio merkt, dass wir ihn reinlegen wollen? Dann kommst du aber nicht mehr lebend von hier weg. So sieht das aus, und gar nicht anders."

„Ist ja schon gut …", knurrte Cullen und ließ den Kopf sinken. „Ich kapier' nur nicht, weshalb wir schon einen Tag früher hier sind."

„Das kann ich dir sagen", gab Buchanan zurück. „Victorios Späher wissen längst, dass wir in den Deserts sind, und ich will, dass er glaubt, dass uns die Sache wichtig ist. Wenn der Handel gelaufen ist, dann kannst du dich immer noch mit diesem Saloonflittchen beschäftigen, Cullen. Das ist 's doch, was dich ärgert oder?"

Er lachte und ließ den Kumpan stehen. Stattdessen ging er hinüber zu Jenkins und Wayne, die Wachposten bezogen hatten.

„Ich hab 's dir doch gesagt, Cullen", sagte Fisher. „Troy hat sich schon was dabei gedacht, als wir früh aufgebrochen sind."

„Ist schon okay!", gab Cullen gedankenverloren zurück und starrte hinaus in die Deserts, wo allmählich die Dämmerung hereinbrach. Cullen konnte nicht sagen warum, aber irgendwie fühlte er sich von unsichtbaren Augenpaaren beobachtet. Diese verdammten Rothäute, schoss es ihm durch den Kopf. Man sollte sie alle ausrotten …"

*

Drei Augenpaare starrten von den Felsen hinunter auf das nächtliche Lagerfeuer, dessen Flammen hoch empor loderten. Wie ein Mahnmal wirkte es, und es war schon von weither zu sehen.

„Die Weißaugen müssen sich sehr sicher fühlen", wisperte Cochise und deutete auf das Feuer, wo drei Männer Platz genommen hatten. „Sie sind wie Kinder."

Roy nickte stumm. Seine wachsamen Augen hatten bereits die beiden übrigen Revolvermänner erspäht, die Wachposten bezogen hatten. Einer befand sich in der Nähe des Planwagens, und der andere hielt Ausschau von einem erhöhten Felspunkt.

Roy, Cochise und der junge Nahto hatten sich von Südosten her dem Felsmassiv genähert. In weiser Voraussicht hatten sie einen Bogen geschlagen, um keinesfalls entdeckt zu werden. So waren sie doch später angekommen, als sie sich erhofft hatten und mussten mit zusehen, wie die Waffenschmuggler in der Senke ihr Camp aufschlugen.

Nahto wäre am liebsten hinunter geritten und hätte gegen alle Weißaugen gekämpft. Cochise musste daher die Ungeduld des jungen Kriegers ein wenig zügeln, denn Leichtsinn half hier wenig.

„In dem Wagen müssen die Waffen sein", sagte Roy und wies auf den Planwagen, der ein wenig abseits vom Camp stand. „Er ist unser Ziel."

„Lasst uns diese Weißen töten!", zischte der junge Nahto voller Ungeduld. „Wir könnten sie vollkommen überraschen."

Cochise schüttelte stumm den Kopf.

„Ich will, dass Victorio begreift, was er mit seiner Sturheit anrichtet", belehrte er den jungen Krieger. „Wir werden uns in die Senke zu dem Planwagen schleichen und die Gewehre unbrauchbar machen. Kincade, du wirst mit mir kommen, Nahto passt auf die Pferde auf!"

Roy holte unwillkürlich Luft. Das war geradezu ein tollkühner Plan, den Cochise ausgetüftelt hatte. Der Chiricahua wollte es wahrhaftig wagen, ins Camp zu schleichen. Aber er begriff die Absicht des Häuptlings. Wenn es ihnen gelang, die Waffenladung unbrauchbar zu machen, ohne dass Buchanan und seine Revolvermänner es bemerkten, dann würden sie am nächsten Morgen ein böses Erwachen haben, wenn Victorio und seine Krieger kamen.

Cochise wollte, dass Victorio glaubte, die Weißen wollten ihn betrügen, und dieser Plan konnte tatsächlich klappen!

„Du hast verstanden, um was es geht, Kincade", sagte der grauhaarige Chiricahua, der genau gesehen hatte, dass Roy nachgedacht hatte. „Lass uns noch warten, bis die Weißen schlafen. Dann werden wir in die Senke schleichen."

*

Cullen fluchte im Stillen darüber, dass Buchanan ihn ausgerechnet dazu bestimmt hatte, die erste Wache zu halten.

67

Eigentlich war er hundemüde und hatte sich etwas Schlaf verdient.

Missmutig zündete er sich einen Glimmstängel an und starrte in die Finsternis, die ihn von allen Seiten umgab. Drüben am Lagerfeuer hatten sich die Gefährten in ihre Decken gewickelt und schliefen. Cullen beneidete sie darum. Die Nächte hier draußen in den Deserts waren kühl, und es fror ihn. Aber er musste trotzdem Wache halten. Buchanan war der Boss, und er hatte es so bestimmt.

Cullen bemerkte nicht die beiden Gestalten, die Schlangen gleich durch das Gebüsch krochen. Er sah nicht den hünenhaften Chiricahua, der mit dem Boden verwachsen zu sein schien. Jedes Mal, wenn Cullens Blick in seine Richtung zielte, erstarrte Cochise auf der Stille, und nichts zeugte davon, dass dort drüben zwischen den Büschen ein Mensch lag.

Roy, der unmittelbar neben Cochise lag, staunte über den Chiricahua. Er bemühte sich, es ihm gleichzutun. Im Anschleichen und Überraschen waren die Chiricahuas Meister, deswegen hatte es die Armee auch so schwer, gegen sie anzukommen.

Der Planwagen war jetzt schon in greifbare Nähe gekommen. Sie hatten den Wachposten in einem Bogen umrundet und befanden sich jetzt in seinem Rücken. Der Weiße ahnte gar nichts davon, dass der Feind nur wenige Schritte entfernt war.

Cochise deutete Roy mit Gesten an, dass er auf den Posten aufpassen wolle, während Roy selbst in den Wagen klettern sollte. Roy nickte und kroch weiter vorwärts. Die wenigen Schritte bis zum Wagen legte er hastig zurück, als Cullen sich ein paar Schritte entfernte, um seine Notdurft zu verrichten.

Blitzschnell hatte er das Trittbrett des Planwagens erklommen und zog sich dann ins Innere. Sofort erkannte er die Gewehre in den Kisten, die zum Glück schon geöffnet waren. So hatte er es leichter, als er zu Beginn gedacht hatte.

Leise holte er das erste Gewehr aus der Kiste und manipulierte den Abzugshahn. Wenn jemand mit diesen Gewehr feuerte, dann würde er es nicht schaffen, überhaupt abdrücken zu können. Cochises Plan war sehr gut, denn Roy konnte sich das wütende Gesicht Victorios sehr gut vorstellen, wenn er die Gewehre testete.

Für Roy dauerte die Zeit im Planwagen wie eine halbe Ewigkeit, bis er seine Arbeit beendet hatte. Dann kroch er zur Öffnung des Planwagens und spähte hinaus in die Nacht. Unwillkürlich fluchte er, als er feststellen musste, dass Cullen direkt vor ihm stand. Es wäre ein leichtes gewesen, ihn von hinten zu überrumpeln, doch genau das sollte nicht geschehen. Aber wie kam er hier heraus, ohne dass der Mann etwas bemerkte?

In diesem Augenblick vernahm Roy das Rascheln in den Büschen. Und der Wachposten hörte es auch. Sofort riss er sein Gewehr hoch und starrte in die Richtung, aus der er das Geräusch vernommen hatte. Misstrauisch ging er einige Schritte nach vorn, um nach dem Rechten zu sehen, und das war Roys Chance. Mit einem geschmeidigen Satz erreichte er lautlos den Boden und war schon Sekunden später in der Dunkelheit verschwunden.

Cochise wartete hinter einem Coma-Gestrüpp auf ihn. Er lächelte stumm, als Roy ihm ein eindeutiges Zeichen gab. Der Chiricahua hatte begriffen, dass der Plan geglückt war.

Der Wachposten selbst war ahnungslos. Auch das Geräusch im Gebüsch – es musste wohl ein streunender Coyote gewesen sein! Das dachte jedenfalls Cullen, aber er ahnte nicht, dass Cochise dieses Ablenkungsmanöver unternommen hatte, damit Roy unbemerkt aus dem Planwagen klettern konnte.

Lautlos wie Gespenster verschwanden der Chiricahua und der Weiße in der Nacht. Augenblicke später schien es so, als hätten die beiden nie existiert. Und doch würde es für die Weißen ein grausames Erwachen geben.

Nahto wartete oben bei den Pferden. Aus Cochises Zügen entnahm er, dass alles geklappt hatte. Nun hieß es abwarten, was weiter geschah. Von ihrem Versteck aus würden sie die weiteren Dinge beobachten.

*

Wie ein glühender Feuerball ging die Sonne zwischen den kargen Hügeln der Deserts auf und übergoss das staubgelbe Land mit ihren wärmenden Strahlen. Troy Buchanan, der zuletzt Wachposten bezogen hatte, blinzelte mit den Augen, weil er direkt in die Sonne sehen musste. Es war noch kalt um diese frühe Stunde, aber schon bald würde sich das Land in einen glühenden Backofen verwandeln.

Und dann sah er die Reiter, die direkt aus der Sonne zu kommen schienen. Wie Geister waren sie ganz plötzlich aufgetaucht, ohne sich irgendwie anzukündigen. Sie waren ganz einfach da. Victorio und seine wilde Horde waren zum vereinbarten Treffpunkt gekommen.

„Aufstehen, ihr Schnarchsäcke!", rief Troy Buchanan mit lauter Stimme, so dass es jeder hören konnte. „Nun macht schon, ihr faulen Hunde! Victorio und seine Mimbrenos sind da!"

Das wirkte. Wie von Taranteln gestochen, schossen die Männer aus den Decken empor. Mit noch müden Augen starrten sie ungläubig auf den Reitertrupp im Frühlicht, der noch eine halbe Meile entfernt war, nun aber direkt auf die Revolvermänner zuhielt.

Fluchend schälten sich die Weißen aus den Decken und langten nach ihren Gewehren. Troy Buchanan blickte Cullen und Fisher an.

„Ihr beiden geht hinüber zum Planwagen. Jenkins, Wayne! Ihr beiden anderen bleibt bei mir. Und dass ihr ja keine falschen Bewegungen macht. Ihr wisst, dass diese roten Hundesöhne verdammt misstrauisch sind. Also bleibt ruhig, haltet euch zurück und überlasst alles andere mir, ist das klar?“

Die Revolvermänner nickten stumm. Keiner wollte es zugeben, aber irgendwie hatten sie alle Angst vor diesen gnadenlosen Wüstenkriegern, mit denen sie Geschäfte machen wollten. Das Gold war es, das sie lockte, sonst hätten sie sich nie in die Apacheria gewagt.

Troy Buchanan erkannte den muskulösen Victorio, der an der Spitze des Trupps ritt. Das Gesicht des Anführers war ausdruckslos, als er seinen Kriegern mit kehliger Stimme etwas zurief. Daraufhin zügelten die übrigen Indianer ihre Pferde und warteten ab. Victorio ritt weiter, bis er direkt vor Buchanan sein Pferd ebenfalls ruckartig anhielt. Der Revolvermann wich unwillkürlich einen kleinen Schritt zurück, und Victorio lächelte. Genau das hatte er erreichen wollen.

„Ich bin gekommen, Buchanan“, sagte Victorio, und seine Augen blieben kalt. Seine Blicke glitten an Buchanan vorbei zu dem Planwagen. „Hast du die Gewehre mitgebracht?“

Buchanan nickte.

„Fünfzig Gewehre – wie du verlangt hast, Victorio“, erwiderte er. „Du siehst, ich halte das, was ich verspreche. Und wie steht es mit deinem Wort?“

Für einen Augenblick überzog ein Schimmer von Zorn das Gesicht Victorios, dann aber hatte er sich wieder schnell in der Gewalt. Mit steinerner Miene griff er nach einem Lederbeutel aus seinem Hemd und warf ihn Buchanan zu.

„Hier hast du das Gold, auf das du und deine Freunde so gierig seid!“, rief er, und dann drehte er sich im Sattel um. Er schrie dreien seiner Krieger einige hastige Befehle zu, worauf die Mimbrenos von den Pferden sprangen und auf den Planwagen zueilten. Cullen und Fisher machten den Kriegern bereitwillig Platz und sahen teilnahmslos zu, wie die Männer über die Waffen herfielen.

Einer der Krieger tauchte wieder aus dem Planwagen auf. Triumphierend schwenkte er in seiner Rechten eines der Gewehre und stieß einen schrillen Schrei aus. Daraufhin hielt die restlichen zehn Krieger nichts mehr auf ihrem Platz. Sie stürmten auf den Planwagen zu und schlugen sich fast um die Gewehre.

Victorio sagte nichts, sondern wartete ab, bis ihm einer der Krieger ein Gewehr brachte. Der Mimbreno-Apache betrachtete es schweigend und nickte dann stumm. Dann hob er die Waffe an die Schulter und zielte mit dem Lauf auf einen Ocotillo-Kaktus. Victorio visierte ihn an und drückte dann ab. Doch es gab nur ein leises Knacken.

Erstaunt und ungläubig zugleich ließ der Anführer des Kriegertrupps die Waffe sinken. Er sah nicht Buchanan, er sah nur seine Krieger, die dieses kurze Zwischenspiel ebenfalls beobachtete hatten. Dann brüllte er den Kriegern einen weiteren Befehl entgegen.

Zwei der Mimbrenos nahmen die Gewehre an sich und versuchten ebenfalls zu schießen. Wieder blieb es nur bei dem Versuch. Die Gewehre versagten ihren Dienst und blieben still!

Troy Buchanan hatte ungläubig mit zugesehen, dass die Waffen nicht funktionierten. Lähmendes Entsetzen breitete sich in ihm aus.

„Deine Waffen sind schlecht!", rief Victorio zornig. „Du wolltest uns betrügen, Weißauge! Aber unser Gold hast du genommen."

Troy Buchanan wurde bleich.

„Lass mich das erklären, Victorio", erwiderte er unsicher und blickte seine Kumpane an. „Noch gestern Abend habe ich die Gewehre selbst überprüft. Sie waren in Ordnung, und ich verstehe nicht, dass sie nicht funktionieren. Ich …"

„Schweig, du Lügner!", brüllte Victorio. „Ihr Weißaugen habt uns schlechte Gewehre verkaufen wollen. Ich will nichts mit Leuten zu tun haben, die mich betrügen. Buchanan, gib mir das Gold wieder!"

Der Anführer des Revolvertrupps blickte sich Hilfe suchend zu seinen Leuten um. In seinem Gehirn kreisten tausend Gedanken. Er wusste nicht, wie das hatte geschehen können, aber er ahnte, dass da irgendjemand seine Finger im Spiel gehabt haben musste. Zum Teufel, wie hatte das nur geschehen können!

Cullen, der ohnehin ein nervöser Mann war, langte plötzlich nach seinem Revolver und riss ihn aus dem Halfter. Er richtete die Waffe auf einer der Krieger, von dem er sich mit dessen Lanze bedroht fühlte. Buchanan sah das kommende Unheil und wollte dem Gefährten noch eine Warnung zurufen, aber das Unheil nahm seinen Lauf.

Cullen drückte ab, und der Schuss bellte auf. Die Kugel traf den Mimbreno hoch in die Brust und schleuderte ihn zurück in den gelben Sand. Dort blieb er röchelnd liegen und rührte sich Augenblicke später nicht mehr.

Victorio stieß einen schrillen Kriegsschrei aus, und das war das Zeichen zum Angriff. Von einem Augenblick zum anderen öffnete die Hölle ihre Pforten. Buchanan warf sich mit einem Riesensatz zur Seite und nahm hinter einem Felsen Deckung. So entging er nur um Haaresbreite der Lanze Victorios, die dieser nach ihm schleuderte. Der Schaft der Lanze prallte vom Felsen ab.

Stattdessen schoss Buchanan Victorio das Pferd unter den Beinen weg, so dass der Angriff im Keim erstickte. Schüsse bellten, und die Mimbrenos schrien. Buchanan sah nicht, was mit seinen Leuten geschah. Er wusste nur, dass er verspielt hatte. Irgendjemand hatte seinen Plan zunichte gemacht, und jetzt musste er sein Leben retten, wenn er nicht sterben sollte. Unter seinem Hemd fühlte er die Schwere des Goldes, und das beruhigte ihn, auch wenn rings um ihn herum ein heißer Kampf entbrannt war.

Buchanan schoss einen der Krieger nieder, der sich mit einem Beil auf ihn stürzen wollte. Der Revolvermann hastete weiter. Er musste es schaffen, die Pferde zu erreichen, sonst war es aus mit ihm. Was mit seinen Gefährten geschah, war ihm egal.

Während er weiter hastete, sah er aus den Augenwinkeln, wie einer der Mimbrenos Cullen von hinten ansprang und ihn zu Boden riss. Die Klinge eines Messers blinkte kurz im Sonnenlicht auf, bevor sie sich in die Brust des Mannes bohrte.

Cullen schrie laut auf, bevor er starb. Mehr konnte Buchanan nicht sehen, denn ein weiterer Krieger von Victorios Trupp ahnte die Absicht des Revolvermanns und versuchte, ihm den Weg zu den Pferden abzuschneiden. Doch Buchanan war auf der Hut. Wieder riss er die Waffe hoch und drückte ab. Beim ersten Mal ging die Kugel daneben, aber der zweite Schuss traf. Der Mimbreno schrie auf und brach zusammen.

Buchanan hastete weiter. Er sprang auf den Rücken eines der Pferde, die von dem plötzlichen Chaos sehr beunruhigt waren. Zuerst scheute das Tier und wollte Buchanan nicht gehorchen, dann aber ließ der Revolvermann das Pferd spüren, wer hier das Sagen hatte. Er riss es an den Zügeln, dass es vor Schmerz aufzusteigen begann. Dann stieß er dem Pferd die Hacken in die Weichen und trieb es an.

Er duckte sich im Sattel, um den Schüssen der Mimbrenos zu entgehen. Die erste Ladung Gewehre, die er ihnen gebracht hatte, war ja einwandfrei gewesen. Buchanan blickte nicht hinter sich, als das Pferd vorwärts preschte. Er wusste selbst nicht, wie er es geschafft hatte, aber es gelang ihm, den Ring der Indianer zu durchbrechen. Zurück blieben die Gefährten, die angesichts einer solchen Übermacht ihr Leben aushauchten.

*

„Buchanan flieht, Cochise", rief Roy aufgeregt und sah dem einzelnen Reiter nach, der sein Tier wie verrückt antrieb. Die Mimbrenos folgten ihm nicht, sondern ließen ihren Zorn an den übrigen Weißen aus.

„Reite, Kincade", sagte Cochise mit leiser Stimme. „Was Victorio angeht, so werde ich dafür sorgen, dass er zukünftig keine Unruhen mehr anzettelt. Dies hier wird ihm eine Lehre gewesen sein."

Roy und Cochise reichten sich die Hände. Sie waren wieder Freunde geworden in dieser kurzen Zeit, und jetzt war die Stunde gekommen, wo sie sich trennen mussten.

„Ich werde Buchanan einholen, Cochise", sagte Roy leise. „Und ich hole mir auch die übrigen Halunken, die diesen Waffenhandel angezettelt haben …"

Dann ging er zu seinem Pferd und saß auf. Er strich die Gedanken an das Massaker beiseite, das unten in der Senke stattfand. Die Revolvermänner hatten den Tod herausgefordert, und jetzt bekamen sie die Quittung dafür.

Cochise sah Roy kurz nach, als er davon ritt. Dann warf er dem jungen Nahto einen lächelnden Blick zu.

„Sieh gut zu, was jetzt geschieht, Nahto", sagte er. „Vielleicht begreifst du jetzt, worauf ich hinaus will …"

Langsam erhob er sich aus seiner Deckung. Hoch aufgerichtet blickte er ins Tal hinunter, wo soeben der letzte der Revolvermänner von den Mimbrenos getötet wurde. Er wartete noch einen Augenblick, dann gab er einen Schuss aus seinem Gewehr ab.

Die Köpfe der Mimbrenos fuhren herum und richteten sich auf den grauhaarigen Chiricahua, der so plötzlich aufgetaucht war. Victorio erkannte Cochise sofort, und er zuckte unwillkürlich zusammen.

Der Blick des Chiricahuas sprach Bände, als er langsam die Senke hinunterging. Seine wissenden Augen richteten sich auf jeden der Krieger, die in Victorios Begleitung waren.

„Cochise!", stieß der Mimbreno-Häuptling überrascht hervor. „Woher wusstest du …?"

„Meine Augen und mein Herz sehen alles", erwiderte der Grauhaarige. „Ich weiß, dass dein Sinn heißblütig ist und nach Krieg schreit, Victorio. Deswegen hast du dich auch mit den Weißaugen eingelassen, weil sie dir vieles versprochen haben. Sieh dich doch um!" Cochises Stimme hatte einen höhnischen Unterton, als er mit dem Lauf seines

Gewehres auf die toten Waffenhändler deutete. „Nur Blut und Verderben sind übrig geblieben. Gewehre hast du, aber schlechte Waffen sind es! Ein schlechter Tausch, Victorio."

„Die Hunde haben uns betrogen", versuchte sich der gedrungene Mimbreno zu rechtfertigen. „Cochise, die Weißen sind eine Plage, die man vernichten muss!"

„Diese Plage wirst du nie besiegen können!", schnitt ihm der Chiricahua das Wort ab. „Es gibt mehr Weiße als Sandkörner in der Mojave-Wüste. Töte einen von ihnen, und hundert werden kommen, um seinen Platz einzunehmen. Weißt du nicht, dass wir ums Überleben kämpfen müssen? Nicht mit Gewalt, Victorio. Wir müssen mit den Weißen verhandeln und lernen, mit ihnen auszukommen – erst dann werden sie uns in Frieden lassen."

Cochise blickte in die Runde. Die anderen Krieger hatten es begriffen, aber Victorio war zu stolz, um seine Fehler einzugestehen. Er spuckte wütend aus und rannte zu seinem Pferd. Wortlos stieg er auf und reckte drohend sein Gewehr.

„Lebe mit den Weißaugen, Cochise!", schrie er. „Ich werde so lange gegen sie kämpfen, bis ich den Ruf des Totenvogels höre!"

Dann stieß er dem Pferd die Hacken in die Weichen. Das Tier bäumte sich schrill wiehernd auf und galoppierte los. Der vom Hass zerfressene Mimbreno ritt davon, und er sah sich kein einziges Mal mehr um. Er war ein Ausgestoßener, der seinen eigenen Weg gehen würde, und. Cochise wusste, dass Victorios Schicksal vom Blut gezeichnet war.

*

Troy Buchanan trieb sein Pferd an wie ein Verrückter. Das Tier streckte sich und gab sein Bestes. Weiße Schaumflocken zeichneten sich auf dem Fell ab, aber Buchanan war unerbittlich. Zu groß war noch die Furcht vor den Apachen, die ein Blutbad angerichtet hatten. Wahrscheinlich war er der Einzige, der mit dem Leben davongekommen war, und je weiter er sich von dem Ort des Schreckens entfernte, umso besser war es für ihn.

Gehetzt blickte er um sich. Zwischen dem Kampfort und ihm lagen schon gut zwei Meilen, und wenn er sein Pferd noch mehr antrieb, dann kam er mit einem gehörigen Schrecken davon. Doch dann sah er die Gestalt des einsamen Reiters, die sich im Sonnenlicht abzeichnete!

Buchanan fluchte, als er erkannte, dass sich ein Verfolger auf seine Fährte gesetzt hatte.

„Nun lauf schon, du Klepper!", schrie er und setzte die Sporen ein. Das Pferd wieherte schmerzhaft auf, gewann dadurch aber nicht an Schnelligkeit. Buchanan begriff, dass er nicht zu viel verlangen durfte, sonst war der Ritt früher zu Ende als ihm lieb war.

Wieder drehte er sich im Sattel um und hielt Ausschau nach seinem Verfolger. Weitere Reiter waren nicht mehr aufgetaucht. Der Apache war also allein!

Als der Verfolger jedoch aufholte, erkannte Buchanan mit Schrecken, dass der Reiter überhaupt kein Apache war. Ein Weißer war es, der sich auf seine Fersen geheftet hatte, und wenige Augenblicke später erkannte Buchanan den Mann.

„Kincade!"

Dieses Wort sagte alles. Buchanan wusste nicht, wie es der längst Totgeglaubte geschafft hatte, ihm und seinen Männern unbeobachtet zu folgen. Vielleicht steckte er hinter der ganzen Sache und hatte es in der Nacht geschafft, sich unbemerkt ins Lager zu schleichen und die Gewehre unbrauchbar zu machen. Natürlich, so musste es gewesen sein!

Wut überkam Buchanan, als er sich bewusst wurde, dass dieser Hundesohn Kincade alles zunichte gemacht hatte. Eine jähe Idee schoss ihm durch den Kopf. Abrechnen würde er mit ihm, und zwar sofort! Kincade verdiente heißes Blei dafür, dass er sich eingemischt hatte, und diese Rechnung sollte er sofort bezahlen!

Buchanan lenkte sein Pferd auf ein riesiges Ocotillo-Kakteenfeld zu, wo sich auch einige bizarre Felsen abzeichneten.

Dort würde er Kincade empfangen und ihm eine Ladung Blei verpassen. Nur einer würde davon reiten, und dieser Mann hieß ganz bestimmt nicht Roy Kincade!

*

Roy trieb seinen Hengst nicht übermäßig an, denn er sah, dass Buchanan an Abstand verlor. Kincade kannte sich in der Wüste aus. Er wusste, dass man in der Hitze keine unnötigen Kräfte vergeuden durfte, sonst blieb man auf der Strecke. Deshalb schaffte er es auch, den Abstand ständig zu verringern, und schon bald konnte er seinen Gegner deutlich vor sich sehen.

Er ritt auf ein großes Kakteenfeld zu, und Roy ahnte Buchanans Absicht. Der Waffenhändler suchte sich wahrscheinlich eine Deckung, um Roy dann von dort aus abzuknallen!

Im gleichen Moment bellte ein Schuss auf, und die Kugel pfiff gefährlich nahe an Roys Kopf vorbei. Buchanan machte jetzt Ernst.

Roy riss ebenfalls den Colt heraus und drückte ab, doch er traf den Gegner nicht. Bevor er ein zweites Mal zum Zielen kam, war der Gegner bereits im Kakteenfeld verschwunden. Augenblicke später verstummte der Hufschlag vor ihm, und tödliche Stille breitete sich aus.

Kincade zögerte keine Sekunde und spornte den Hengst an. In Windeseile lenkte er das Tier einen Arroyo hinab und war somit selbst außer Schussweite. Das Pferd galoppierte weiter bis zu einem großen Sandsteinfelsen, wo Roy das Tier zügelte und hastig aus dem Sattel sprang.

Mit einer geschmeidigen Bewegung kam er auf dem gelben Wüstenboden auf und zog das Gewehr aus dem Scabbard. Sofort duckte er sich und spähte hinüber zu dem Kakteenfeld.

„Du Hurensohn!", hörte er jetzt die sich überschlagende Stimme Buchanans. „Ich knall' dich ab wie einen lausigen Köter!"

Und dann fielen Schüsse. Roy hörte das Zirpen der Kugeln, die gegen den Felsen vor ihm prallten und dann als hässliche Querschläger durch die Gegend zischten. Bevor er sich duckte, hatte er noch das Mündungsfeuer aus dem Kakteenfeld gesehen und wusste jetzt, wo sich sein Gegner befand.

„Ich schicke dich zur Hölle, du schmutziger Spitzel!", hörte er jetzt wieder Buchanan brüllen. Sollte er sich doch die Kehle heiser schreien – von ihm würde Buchanan keine Antwort erhalten.

Jetzt eröffnete Roy sein Spiel. Er kannte sich in der Wüste aus, hatte schon in jungen Jahren gelernt, auf was es in der Wüste ankam, und all das hielt sich Roy wieder vor Augen. Er war ein alter Hase, der wusste, worauf es ankam. Den Gegner warten lassen, bis er von selbst die Nerven verliert, das war seine Devise.

Langsam verließ Roy seine Deckung und schlich sich in westlicher Richtung davon. Der Arroyo stieg allmählich an und die Senke endete fünfzig Yards weiter vor ihm. Von dort aus musste er es schaffen, die wenigen Schritte bis zu den Kakteen zu überwinden, bevor Buchanan seinen Plan durchschaute. Wenn er erst den Schutz der Kakteen erreicht hatte, dann hatte er den ersten Teil seines Planes schon geschafft.

Als er das Ende des Arroyos erreichte, hielt er für einen winzigen Augenblick inne, um nochmal kurz Luft zu holen. Dann sprintete er los. Während er auf die andere Deckung zu rannte, riss er seine Winchester hoch und gab wahllos ein paar Schüsse auf das Versteck seines Gegners ab, um Buchanan in Deckung zu zwingen.

Mündungsfeuer leuchtete auf, als Roy seinem Gegner eine Ladung Blei entgegen schickte. Der Waffenhändler stieß einen grässlichen Fluch aus. Aber dann war Roy auch schon selbst im Kakteenfeld. Er hatte es geschafft.

Sofort duckte er sich und spähte hinüber, wo er Buchanan vermutete. Beide Gegner lieferten sich nun den alles entscheidenden Kampf, während am Horizont die Chiricahuas und Mimbrenos das Schlachtfeld verließen. Cochise führte die Krieger zurück in die Apacheria. Aber Roy konnte keinen Gedanken an den Häuptling verschwenden. Er musste Buchanan stellen, um an den Mann zu kommen, der im Hintergrund die Fäden zog. Er hatte zwar schon einen leisen Verdacht, der sich aber erst noch bestätigen musste.

Geduckt schlich sich Roy vorwärts.

*

Troy Buchanan lief der Schweiß in Strömen den Hemdkragen herunter. Salziger Geschmack breitete sich auf seinen Lippen aus, und er musste unwillkürlich blinzeln, als er direkt in die Sonne schaute. Es herrschte eine höllische Hitze hier draußen, die den Horizont flimmern ließ. Aber Buchanan wusste auch, dass er nicht locker lassen durfte. Dieser Hundesohn Kincade musste ausgeschaltet werden, damit Buchanan bald seinem Boss Bericht erstatten konnte.

Buchanan schoss auf die davon hastende Gestalt, die ganz plötzlich am Ende des Arroyos aufgetaucht war. Der Waffenhändler hatte zu spät reagiert, und als er es merkte, hatte sich Kincade schon in Sicherheit gebracht.

Er stieß einen Fluch aus, als er erkannte, dass Kincade nun ebenfalls das Kakteenfeld erreicht hatte. Hier in diesem Dornbuschgestrüpp, in dem Chollakakteen und Ocotillos auf engem Raum wild wucherten, hatte ein Feind viele Möglichkeiten, sich unbemerkt an den Gegner heranzuschleichen. Deshalb musste Buchanan zuerst handeln, bevor Kincade zum Zuge kam. Der Waffenhändler war wütend, weil er sich seinen Plan ganz anders vorgestellt hatte. Er hatte Kincade aus sicherer Deckung aus dem Sattel schießen wollen, aber das hatte nicht geklappt.

Irgendwo tief im Gestrüpp hörte er das Pfeifen eines Vogels, während die glühende Sonne auf seinen breiten

Rücken brannte. Lautlos ging der Waffenhändler mit vorgehaltenem Colt einen Schritt nach vorn. Er hielt inne und spitzte die Ohren. Hatte er da nicht eben ein Knacken im Gebüsch gehört? Aber nein, er musste sich getäuscht haben, denn es blieb alles totenstill.

Plötzlich raschelte es im Gebüsch hinter ihm. Buchanan duckte sich und riss den Colt hoch. Seine linke Hand fächerte über den Abzugshahn. Zwei Schüsse bellten in der Stille der kargen Wüstenlandschaft auf. Buchanan sah einen Coyoten zwischen dem Gestrüpp, den er mit seinen Kugeln erwischt hatte. Er wünschte, es wäre Kincade gewesen!

Sofort hastete er in Deckung, denn ihm war auch klar, dass er sich durch seine Schüsse verraten hatte. Kincade wusste jetzt, wo Buchanan sich befand, aber der Waffenhändler hatte keine Ahnung, wo sein Gegner steckte. Jetzt war er doch noch in einer schlechteren Ausgangsposition, und alles wegen diesem lausigen Coyoten!

Er kauerte hinter dem dicken Kaktus und wartete ab. Jederzeit dazu bereit, seinen Gegner umzulegen, wenn er auch nur einen Hemdzipfel von ihm entdeckte. Kincade sollte nur kommen. Hoch über ihm zog ein Bussard vorbei, der sich kurz zuvor noch auf der Spitze des Kaktus niedergelassen hatte. Der Vogel suchte jetzt aber mit flatternden Flügeln das Weite.

„Wo steckst du, Kincade?", flüsterte Buchanan, während ihm der salzige Schweiß in die Augen lief. Seine Hände waren feucht vor Aufregung, und er fieberte dem Moment entgegen, wo er den verhassten Gegner ausschalten konnte.

*

Roy hörte das kläffende Heulen des Coyoten zusammen mit dem Schuss. Sofort duckte er sich unwillkürlich hinter einen Comastrauch. Buchanan hatte seine Position verraten, und als jetzt ein aufgeschreckter Bussard in den stahlblauen

Himmel flog, wusste Roy endgültig, wo sich der Waffenhändler versteckt hatte.

Auch er schwitzte. Das öde Land wurde tagsüber zu einer Gluthölle für Mensch und Tier. Die Chiricahua- und Mescalero-Apachen, die hier lebten, wurden mit dem Klima fertig, aber ein Weißer, der diese starke Sonnenglut nicht gewöhnt war, konnte schnell schwach werden.

Roy zog sich den Hut tiefer in die Stirn, um sich vor der gleißenden Helligkeit zu schützen. Seine Augen richteten sich auf die Stelle, wo er Buchanan vermutete. Er musste ihn austricksen, und er wusste auch schon wie.

Er bückte sich und hob einen kleinen Stein auf. Prüfend wog er ihn in der Hand, bis er ihm für seine Zwecke richtig erschien. Dann schleuderte er ihn in die Büsche und hechtete gleichzeitig zur anderen Seite.

Und schon krachte wieder Buchanans Colt. Die Kugel schlug in den Boden, dort, wo Roy den Stein hingeschleudert hatte. Er selbst befand sich mittlerweile schon wieder ganz woanders.

„Kincade, du Bastard!", brüllte jetzt Buchanan, der allmählich die Nerven verlor. „Warum zeigst du dich nicht? Komm heraus und stell' dich. Dann tragen wir es aus wie Männer!"

Buchanan war eine Klapperschlange. Man konnte ihm nicht über den Weg trauen. Deshalb verhielt sich Roy ganz still und schlich sich in den Rücken seines Gegners. Es dauerte eine halbe Ewigkeit, bis er auf ungefähr zehn Yards heran war. Er hatte den Waffenhändler in einem Bogen umgangen, und dieser spähte immer noch in die ursprüngliche Richtung, wo er Roy vermutete.

Jetzt oder nie, dachte Roy und erhob sich. Die Winchester hielt er im Anschlag.

„Lass' dein Eisen fallen, Buchanan!", sagte er laut und deutlich. „Mach' keine Dummheiten, sonst drücke ich ab."

Buchanan fuhr zusammen, als habe ihn ein Blitzschlag getroffen. Roy hörte, wie er einen leisen Fluch ausstieß, aber er war noch immer auf der Hut, und sein Instinkt trog ihn nicht, denn Buchanan versuchte es trotzdem.

Der Waffenhändler wirbelte urplötzlich herum. Roy wartete ab, bis er den Colt hochgerissen hatte, dann drückte er ab. Ein Schuss bellte auf, und die Kugel stieß Buchanan zurück. Auf seinem staubigen Hemd breitete sich allmählich ein dunkler Blutfleck aus. Stöhnend brach er zusammen, und der Colt entglitt seinen kraftlosen Fingern.

„Du Idiot", murmelte Roy und ließ die Winchester sinken. Langsam stapfte er auf den stöhnenden Waffenhändler zu, der ihn mit schmerzverzerrtem Gesicht wütend anblickte. Roy betrachtete kurz Buchanans Wunde, und er erkannte sofort, dass der Mann nur noch wenige Minuten hatte. „Warum hast du nicht aufgegeben?"

„Weil ich es wissen wollte!", stieß der tödlich Verletzte mit abgehackter Stimme hervor. „Aber du warst der Bessere, Kincade …"

Er hustete und spuckte Blut. Es würde nicht mehr lange dauern, bis es mit ihm zu Ende ging. Roy musste sich beeilen, wenn er noch etwas erfahren wollte. Er beugte sich über den sterbenden Buchanan und sah ihm genau in die Augen.

„Willst du nicht reden, bevor du auf den großen Trail gehst, Buchanan?", fragte Roy. „Es wird dein Gewissen erleichtern, wenn du so etwas überhaupt hast."

Den Mann überfiel ein heftiger Krampf. Schweißperlen standen ihm auf der Stirn, und sein Gesicht war bleich.

„Versprich mir, dass du mich anständig begräbst, Kincade", stöhnte Buchanan. „Die Coyoten – sie dürfen mich nicht kriegen, verstehst du?"

Roy nickte. „Ich versprech' es dir, Buchanan. Und jetzt rede …"

Er musste sich ganz nahe über Buchanan beugen, denn die Stimme des Mannes war mittlerweile zu einem Flüstern geworden. Buchanan nannte ihm den Namen seines Bosses und starb. Roy blickte nachdenklich auf die reglose Gestalt des Mannes.

„Ich habe es geahnt", sagte er zu sich selbst. „Dich kaufe ich mir auch noch, Mister!"

Dann erhob er sich und ging hinüber zu seinem Pferd. Er holte einen Klappspaten aus seiner Satteltasche und schaufelte ein Grab für Buchanan, wie er es ihm versprochen hatte. Er häufte Steine über den Toten, damit ihn die Coyoten nicht ausgraben konnten. Dann ging er zurück zu seinem Pferd und saß auf. Augenblicke später war er in der grenzenlosen Weite der Wildnis untergetaucht.

*

Roy Kincade war staubbedeckt, als er die Garnison von Camp Grant erreichte. Er hatte aus seinem Hengst alles heraus geholt, was in ihm steckte. Jetzt war das Tier genauso erschöpft wie er.

Der Wachposten am Tor blickte Roy misstrauisch von Kopf bis Fuß an, bevor er sich dazu durchrang, den staubigen Reiter durchzulassen, aber als Roy Lieutenant Taylors Namen nannte, ließ ihn der Posten durch.

Zu dieser Stunde herrschte in der Garnison reger Betrieb. Während Roy das Pferd auf den Stall zu lenkte, beobachtete er aus den Augenwinkeln einen Trupp Rekruten, die gerade von einem untersetzten Sergeant gedrillt wurden. Seine Stimme schallte über den ganzen Kasernenhof. Roy konnte sich gut vorstellen, dass die jungen Soldaten bei diesem alten Haudegen einiges zu erwarten hatten.

Der Stallbursche versprach Roy, sich um sein Pferd zu kümmern. Roy drückte ihm eine Münze in die Hand, dann ging er hinüber zum Offiziersgebäude, denn dort sollte sich der Lieutenant aufhalten, wie man ihm gesagt hatte.

Roy stieß die Tür zum Offiziersgebäude auf und schaute kurz die Ordonnanz an, der von seinem Schreibtisch aus hoch blickte.

„Ist der Lieutenant da?", fragte Roy knapp und hielt schon auf die zweite Tür zu, als der Adjutant ihm zurief, dass er nicht einfach dort hineingehen könne. Lieutenant Taylor habe eine Besprechung mit General Carleton.

„Trifft sich ja gut!", unterbrach Roy den tüchtigen Mann. „Dann habe ich sie ja beide zusammen. Besser hätte es gar nicht sein können …"

Er öffnete die Tür, ohne auf die Proteste der Ordonnanz zu hören. Drei Männer befanden sich im Raum, Lieutenant Taylor, Major Wilkins und schließlich General Carleton, der hinter einem Tisch aus massiver Eiche saß und erstaunt hochblickte, als er den staubbedeckten Mann erblickte. Zuerst wollte er wütend auffahren, doch dann erkannte er Roy. Er grinste dem Lieutenant kurz zu.

„Mir scheint, dass Ihr Freund uns etwas Wichtiges zu sagen hat, Lieutenant", sagte er zu Taylor. Der Angesprochene eilte sofort auf Roy zu.

„Wir haben schon tagelang nichts mehr von dir gehört, Roy. Wo zum Teufel hast du eigentlich gesteckt?"

Roy angelte sich einen Stuhl und setzte sich. Er war erschöpft von dem langen Ritt und hätte am liebsten eine Mütze voll Schlaf genommen, aber daran war jetzt noch nicht zu denken. Zu wichtig war das, was er zu erzählen hatte.

„Ich habe die Waffenhändler verfolgt, Gentlemen", erklärte er den verdutzten Offizieren, und er schilderte seine Erlebnisse in der Wüste. Auch die Begegnung mit Cochise ließ er nicht aus. Er erzählte, wie er Troy Buchanan und seine Männer bis nach Phoenix verfolgt hatte, und dass sich Buchanan dort mit einem Mann getroffen hatte, den er nicht genau erkannt hatte. Anschließend berichtete er, wie es ihm und Cochise gelungen war, die Waffenhändler auszutricksen.

„Ich habe im Mietstall von Phoenix die erste Spur des Mannes gefunden, der hinter allem steckt", fuhr er dann fort. „Es muss ein Mann sein, der jederzeit Möglichkeiten hat, über Waffenladungen verfügen zu können, und das kann nur jemand tun, der gute Beziehungen zur Armee hat."

„Wollen Sie die US-Army beschuldigen, Kincade?", zischte Major Wilkins wütend und sprang vom Stuhl auf. „Ihre Behauptung ist so ungeheuerlich, dass es mir fast die Sprache verschlägt. Wie kommen Sie zu diesem ungeheuerlichen Verdacht, Mister?"

„Indem ich ein wenig nachgedacht habe, Major – das ist alles", erwiderte Roy und ließ sich von der hitzigen Rede des Offiziers nicht aus der Passung bringen. „Wer ist Ihr Versorgungsoffizier, Gentlemen?"

Lieutenant Taylor blickte General Carleton vielsagend an. Dann wandte er sich an Roy.

„Das ist Captain Donahue, Roy", sagte er dann. „Du willst doch nicht etwa sagen, dass ein Offizier aus unseren Reihen für die Unruhen verantwortlich ist?"

„Ich sage nur das, was ich von dem sterbenden Buchanan erfahren habe. Buchanan und seine Leute haben zwar für den Bankier Gilbert Cummings gearbeitet, aber in Wirklichkeit waren sie Handlanger eines Mannes, der dieses Land in einen Abgrund stürzen wollte. Keiner hat gewusst, dass Buchanan und seine Männer jedes Mal einen Auftrag für ihren wirklichen Boss erledigt haben, wenn der Bankier eine Geldsumme nach Phoenix transportieren ließ. Wer wäre auch schon darauf gekommen? Es war ein gut eingefädeltes Spiel mit exakter Planung. Wenn Buchanan und seine Leute Phoenix erreicht hatten, dann wartete schon die Waffenladung auf sie, gut getarnt versteht sich natürlich. Sie brachten sie sofort an Ort und Stelle und tauchten zwei Tage später wieder in Tucson auf.

Wer hätte etwas anderes vermuten können, als dass Buchanan nur ein bewaffneter Schutzbegleiter für die Geldsendungen war. Einer hat es gewusst, und der hat auch das Ganze organisiert. Der Mann, den ich hier eigentlich anzutreffen gedachte – Captain Donahue!"

„Kincade, Sie beschuldigen einen langjährigen und guten Offizier von Camp Grant", meldete sich jetzt General Carleton zu Wort. „Was haben Sie für Beweise? Die Aussage eines Toten zählt nicht mehr, das wissen Sie doch selbst. Captain Donahue hat heute einen Tag Urlaub. Ich werde ihn sofort befragen, wenn er wieder zurück ist, Mister!"

„Wo hält er sich jetzt auf, General?", erkundigte sich Roy, und Lieutenant Taylor war es, der anstelle Carletons antwortete.

„Er müsste in Tucson sein." Seine Stimme wurde etwas leiser, als er fortfuhr. „Captain Donahue ist nicht verheiratet, und der Dienst hier in Camp Grant wird bisweilen ein wenig eintönig, wie er es mir einmal sagte. Ich nehme an, dass er sich dort amüsieren wird."

„Dann werde ich nach Tucson reiten", sagte Roy und erhob sich. „General, ich werde Ihnen beweisen, dass meine Vermutung gestimmt hat. Hören Sie zu, Gentlemen. Ich habe folgenden Plan …"

*

„Dich muss der Teufel geritten haben", sagte Lieutenant Taylor, der immer noch den Kopf schüttelte. „Wenn Donahue wirklich hinter der Sache steckt, dann wird das ganz schöne Kreise ziehen, vielleicht bis nach Washington."

Sie waren vor gut zwei Stunden von Camp Grant aus aufgebrochen. General Carleton hatte Taylor beauftragt, Roy zu begleiten. Ein Sergeant und vier Rekruten waren zur Unterstützung noch mitgekommen, und jetzt befand sich der kleine Trupp kurz vor Tucson.

Hinter den Hügeln verwandelte sich die untergehende Sonne in einen glutroten Feuerball, und Abenddämmerung überzog das weite Land. Von einer Anhöhe aus erkannten sie die Stadt. Der Wind trug das leise Klimpern eines Pianos mit sich, das an ihre Ohren drang.

87

„Du hast mich doch beauftragt, der Sache auf den Grund zu gehen", sagte Roy. „Wundere dich nicht, wenn bei deiner glorreichen Armee nicht alles Gold ist was glänzt. Ich habe schon von ganz anderen Dinge gehört, drüben in Texas, als es einen Aufstand der Kiowas gab." Roys Stimme brach ab. Er sprach nicht gern über das, was sich vor gut einem Jahr in Texas ereignet hatte. Dort hatte die Armee eine sehr zweifelhafte Rolle gespielt, als ein Aufstand der Comanchen und Kiowas blutig und mit aller Gewalt niedergeschlagen wurde. Und seine Freunde – die Calhouns – hatten dieses Unglück hautnah miterlebt.

„Ich verstelle Captain Donahue nicht", fuhr der Lieutenant fort, als die Männer in die Senke hinunter ritten. „Was in aller Welt mag ihn dazu getrieben haben, mit Waffen zu handeln? Er muss doch gewusst haben, dass er damit das Land in Blut taucht."

„Du bist noch nicht lange bei der Armee", versuchte ihm Roy zu erklären. „Du hast mir mal erzählt, dass du mit einer Nichte eines Bankiers aus Phoenix befreundet bist und dass ihr bald heiraten wollt. Donahue ist allein, und deshalb braucht er sein eigenes Glück. Mark, Gold verwandelt die Menschen in reißende Bestien, wenn sie dieses Fieber zum ersten Mal gepackt hat. Es wird dann immer schlimmer, und es gibt kein Zurück mehr. Vielleicht hat der Captain auch irgendwo Schulden – was weiß ich? Wir werden es bald erfahren. Lass mich nur die Sache so machen, wie wir es besprochen haben, okay?"

Der Offizier nickte. „General Carleton hat dir ja seine Unterstützung versprochen. Roy, du hast da in ein ganz schönes Wespennest gestochen, das kann ich dir aber sagen."

Der Mann in der schwarzen Lederkleidung erwiderte nichts darauf, sondern trieb sein Pferd an. Die ersten Häuser von Tucson tauchten zu beiden Seiten des ausgefahrenen Weges auf. Zu dieser Stunde erwachte die Stadt zu ihrem eigenen Leben. Die Saloons und Amüsierpaläste lockten mit ihren Girls und mit Alkohol, und gar mancher Cowboy auf den umliegenden Ranches wurde hier seinen mühsam verdienten Arbeitslohn schneller los als er dachte.

Die Männer banden ihre Pferde am Querpfosten vor dem Iron Horse-Saloon an und stiegen ab. Aus dem Saloon erklang die schrille Stimme eines Girls, das wohl gerade einen der zahlreichen Verehrer abwimmelte. Im Hintergrund versuchten sich ein Pianospieler und ein Fidler gegen den Lärm der Menge durchzusetzen, was ihnen aber nur schwer gelang.

Rauchgeschwängerte Luft schlug Roy und den Soldaten entgegen, als sie den Saloon betraten. Es war noch früh am Abend, aber hier herrschte trotzdem schon Hochbetrieb. Ein Trupp Cowboys hatte sich an der Theke breitgemacht, und die Männer schrien mit lautstarker Stimme nach Whiskey. Die beiden Keeper hatten alle Hände voll zu tun, um die Gäste zufrieden zu stellen, und die vier Girls, die dafür sorgen sollten, die Männer dazu zu bringen, ihnen gefärbtes Zuckerwasser zu kaufen, mischten auch kräftig mit.

Roy erkannte Bella Dawson sofort wieder. Kurze Erinnerungen an endlos schöne Minuten, dann hatte ihn die Wirklichkeit wieder. Das Saloongirl hatte ihn jetzt ebenfalls entdeckt und kam sofort auf ihn zu.

"Schön, dich zu sehen, Roy", sagte sie, und ihr Blick versprach Verheißung. Aber Roy konnte jetzt darauf nicht eingehen. Es galt, wichtigere Dinge zu erledigen.

„Bella, gibt es hier einen Spielsalon?", fragte er das Girl. „Ich meine einen Ort, wo auch mal mehr als zehn Dollar gesetzt werden?"

„Im Hinterzimmer, drüben den Gang entlang", erwiderte Bella. „Bist du nur gekommen, um zu spielen, Roy, oder hast du auch ein wenig Zeit für mich mitgebracht?"

„Leider nicht, Bella", erwiderte Roy. „Vielleicht ein anderes Mal. Bis später dann."

Er nickte Lieutenant Taylor zu, und dieser befahl daraufhin seinen Leuten, sich im Saloon zu verteilen. Er selbst folgte dem Freund den Gang entlang, wo sich das Spielzimmer befinden sollte.

Augenblicke später standen Roy und Taylor vor der betreffenden Tür. Kurzerhand öffnete sie Roy und blickte in einen verräucherten Raum. Eine Lampe hing von der Decke, die gedämpftes Licht verbreitete.

An einem runden Tisch saßen vier Männer. Zwei Burschen in grauen Anzügen, die aussahen wie Viehhändler. Dann der Mann, der die Bank hielt. Er trug eine ärmellose Weste und hatte das Hemd bis zu den Ellenbogen hochgerollt. Der Vierte im Bunde war Captain Donahue. Er trug einen dunklen Anzug und. war so sehr in sein Spiel vertieft, dass er erst überrascht aufblickte, als die anderen ihr Spiel unterbrachen.

Donahue drehte sich um und entdeckte Lieutenant Taylor neben Roy Kincade. Ein leichtes Grinsen huschte über sein Gesicht, als er den Offizier erblickte.

„Herzlich willkommen im Iron Horse-Saloon, Taylor!", rief er und winkte dem Lieutenant zu. „Kommen Sie doch her und setzen Sie sich zu uns. Haben Sie sich endlich entschlossen, auch mal ein Spielchen zu machen?"

Als Taylor schwieg, wurde Donahue stutzig. Dann spürte er, dass die Initiative von dem Mann Roy Kincade ausging, der seine Blicke auf Donahue heftete.

„Es tut mir leid, dass ich Ihr Spiel störe, Captain Donahue!", begann Roy dann und ließ den Mann nicht aus den Augen. „Aber Mark und ich kommen in einer wichtigen Angelegenheit zu Ihnen, die keinen Aufschub duldet. Captain Donahue, kennen Sie einen Mann namens Troy Buchanan, und waren Sie jemals in Phoenix?"

Roy bemerkte, wie der Offizier plötzlich zusammenzuckte, doch dann hatte er sich schon wieder in der Gewalt. Seine Augen versprühten wütende Blicke.

„Was soll das, Kincade?", zischte er. „Sind Sie deswegen gekommen, um mir dämliche Fragen zu stellen, während ich mich hier amüsiere? Ich kenne keinen Mann namens

Buchanan, aber in Phoenix war ich schon des Öfteren. Wie Sie wissen, bin ich Versorgungsoffizier, und da die Verpflegung für unsere Garnison von Phoenix kommt, habe ich ab und zu dort zu tun. Was geht Sie das überhaupt an?"

„Eine ganze Menge", erwiderte Roy. „Vor gut vier Tagen war ich nämlich ebenfalls in Phoenix. Troy Buchanan und seine Leute waren auch dort, und Sie haben sich dort im Mietstall mit Buchanan getroffen. Es ging um eine Waffenlieferung an die Apachen."

„Kincade, nehmen Sie Sich in Acht!", brummte Donahue, dem die Sache ganz und gar nicht schmeckte. Die anderen Spieler am Tisch spürten, dass sich die Situation zuspitzte und legten die Karten weg. „Sie beschuldigen einen Offizier der Vereinigten Staaten. Taylor, sagen Sie Ihrem Freund, dass er sich im Ton vergriffen hat!"

„Keinesfalls", fuhr Roy ungerührt fort. „Ich habe Ihr Gespräch belauscht. Leider war es zu dunkel, um alles genau erkennen zu können, aber Sie haben im Stall etwas verloren. Das hier!"

Der silberne Knopf mit dem Adler fiel auf den Spieltisch und blieb dort im Schein der Lampe liegen.

„Schauen Sie mal auf Ihren rechten Jackenärmel, Donahue!", forderte Roy den Captain auf. „Dieser Knopf fehlt nämlich, und es ist Ihr Fehler, dass Sie es noch nicht bemerkt haben. Es war alles sehr gut geplant, das muss ich zugeben, aber dieser kleine Knopf bricht Ihnen das Genick. Außerdem ist die Waffenlieferung vereitelt worden. Troy Buchanan sitzt jetzt beim Marshal in Phoenix, und er war sehr gesprächig."

Während der ganzen Zeit hatte Captain Donahue geschwiegen. Es braute sich etwas in ihm zusammen, das jeden Moment an die Oberfläche kommen würde. Obwohl er es mit zwei Gegnern zu tun hatte, begriff er trotzdem nicht, dass sein Spiel schon zu Ende war.

Seine rechte Hand zuckte hinab zur Hüfte. Mit einem wütenden Aufschrei riss er den Army Colt aus dem Halfter hervor, aber Roy war schneller. Natürlich hatte er damit gerechnet, dass Donahue durchdrehen würde, wenn er ihm die Wahrheit ins Gesicht schleuderte.

Er wartete ab, bis der Captain die Waffe in der Hand hatte. Aus Roys Waffe blitzte ein Mündungsfeuer auf, und der Schuss klang in der Stille des Hinterzimmers wie eine Explosion. Die Kugel traf den Offizier hoch in die Brust und stieß ihn zurück. Eigentlich hatte Roy auf seine Schulter zielen wollen, aber Donahue hatte im letzten Augenblick eine unverhoffte Drehung gemacht. So traf ihn jetzt die Kugel mitten ins Leben.

Donahue brach stöhnend zusammen. Im Fallen riss er einen Stuhl um. Lähmendes Entsetzen breitete sich auf den Gesichtern der Umstehenden aus, und Augenblicke später wurde die Zimmertür aufgerissen. Der Sergeant und seine Soldaten stürmten herein, denn sie hatten den Schuss gehört.

„Bitte beruhigen Sie Sich, Gentlemen!", richtete der Lieutenant das Wort an die Anwesenden. „Es ist alles legal, was hier geschehen ist."

Während Taylor versuchte, den Leuten alles zu erklären, beugte sich Roy über den tödlich getroffenen Offizier, der ihn mit vor Hass verzerrtem Gesicht anblickte.

„Sie Hundesohn haben mich umgebracht!", keuchte Donahue und verkrampfte die Hände über seiner Wunde. „Mein Gott, das Feuer zerreißt mich ... Es hätte alles geklappt, wenn Sie ... nicht gekommen wären ..."

„Ein Offizier der US-Army", sagte Roy kopfschüttelnd. „Donahue, weshalb haben Sie Arizona in Flammen getaucht?"

„Ich hatte ... Spielschulden", keuchte der Offizier. „Und das war zu viel. Sollte ich vielleicht meinen ... guten Ruf aufs Spiel setzen? Der Handel mit den Rothäuten ... kam mir gerade recht. Kincade, ich wünsche Ihnen, dass Sie irgendwann ... denjenigen treffen, der eine Kugel für Sie ... bereit hält!"

Urplötzlich bäumte er sich auf und schnappte nach Luft. Dann fiel er zurück. Leere gebrochene Augen blickten an die verräucherte Decke des Hinterzimmers.

„Er hat es hinter sich", murmelte Roy und hob den Kopf. „Hoffentlich findet er einen gnädigen Richter."

*

Tucson und Camp Grant lagen hinter ihm. Die unendliche Weite der Wüstenlandschaft hatte den einsamen Reiter aufgenommen, und die Ereignisse der letzten Tage kamen ihm jetzt vor wie ein schlimmer Alptraum. Donahue, dieser gewissenlose Halunke, hatte einen Indianeraufstand angezettelt, und ihm war es auch zu verdanken, dass General Carleton heute Morgen ein Telegramm aus Washington erhalten hatte. Das Bureau of Indian Affairs gab strikte Anweisungen, einen Vergeltungsfeldzug durchzuführen. Entscheidungen von der Ostküste, wo niemand mehr fragte, wer der wahre Schuldige war! Es ging gegen alle Indianer, und als Roy Kincade Camp Grant verließ, war er sehr nachdenklich geworden.

Die bronzefarbene Gestalt auf dem Rappen erkannte er erst, als er sich in unmittelbarer Nähe befand. Der Indianer saß auf seinem Pferd wie eine heldenhafte Statue, und seine langen eisgrauen Haare wirbelte der Wind durcheinander. Cochise!

Als Roy den Chiricahua-Häuptling erkannte, zügelte er sein Pferd und wartete ab. Cochise trieb sein Pferd an und führte es hinab in die Senke. Über seine Lippen huschte ein leises Lächeln, als er die Hand zum Gruß hob.

„Ich wusste, dass wir uns noch einmal sehen würden, Kincade!", sagte er dann. „Hast du den Anführer der Waffenhändler stellen können?"

Roy nickte. „Er ist tot", sagte er knapp. „Was ist mit Victorio?"

Ein Schatten überzog das Gesicht des hochgewachsenen Chiricahua.

„Der Stamm hat ihn ausgestoßen. Mit einer Handvoll Krieger versucht er immer noch, gegen die Flut der Weißen anzukämpfen. Er begreift nicht, dass er nur ein winziges Staubkorn ist, der den Wind besiegen will. Niemand kann ihn aufhalten. Er wird untergehen."

„Und dein ganzes Volk dazu", erwiderte Roy. „Die Männer in Washington verlangen Vergeltung für die Überfälle auf die weißen Farmen, Cochise. General Carleton wird einen Rachefeldzug starten. Wenn du dich und dein Volk retten willst, Cochise, dann triff rechtzeitig Vorkehrungen, oder es ist zu spät für euch alle."

„Weshalb sagst du mir das, Kincade?" Cochise war erstaunt und bestürzt zugleich. „Bist du nicht auch ein Weißer?"

„Nicht die Hautfarbe, sondern der Mann zählt", fügte Roy hinzu. „Cochise, geht weg von hier, bevor euch die Soldaten eingekesselt haben. Sonst sterben unschuldige Frauen und Kinder. Willst du das?"

Der Häuptling schüttelte den Kopf.

„Wir werden nach Süden gehen, Kincade. In Mexiko werden wir sicher sein, bis sich der weiße Mann wieder beruhigt hat. Ich danke dir, dass du mich gewarnt hast. Vielleicht sehen wir uns wieder …"

„Wer weiß?", murmelte Roy. „Das kann man nie sagen. Ich wünsche dir und deinem Volk viel Glück. Du wirst es gebrauchen können!"

Weiterer Worte bedurfte es nicht. Ein kurzer Händedruck, ein letzter Blick, dann ritt Cochise davon. Roy blickte ihm nach, bis der Chiricahua zwischen den Hügeln verschwunden war. Dann machte auch er sich auf den Weg. Er wollte nur weg von hier.

Wind kam auf und trug gelben Staub mit sich, der die Fährte des einsamen Reiters verwehte, als er weiter nach Westen ritt.   *E N D E*

Verpassen Sie keine Neuerscheinung!

Tragen Sie sich in den Newsletter von *EK-2 Militär* ein, um über aktuelle Angebote und Neuerscheinungen informiert zu werden und an exklusiven Leser-Aktionen teilzunehmen.

Link zum Newsletter:
https://ek2-publishing.aweb.page

Über unsere Homepage:
www.ek2-publishing.com
Klick auf *Newsletter*

Via Google*: EK-2 Verlag*

Als besonderes Dankeschön erhalten Sie **kostenlos** das E-Book »Die Weltenkrieg Saga« von Tom Zola.

Deutsche Panzertechnik trifft außerirdischen Zorn in diesem fesselnden Action-Spektakel!

Sichern Sie sich jetzt die nächsten Bände!

Entdecken Sie weitere spannende und historische Western-Abenteuer der Roman-Reihe „**Das Gesetz des Westens**"!

Fort Carrington in Gefahr
von Peter Dubina

„Nach gescheiterten Friedensverhandlungen machen die sieben großen Sioux-Stämme ihre Kriegsdrohung wahr. Mit einer blutrünstigen Attacke wollen sie Fort Carrington in die Knie zwingen ...“

Freuen Sie sich auf regelmäßige Neuerscheinungen von EK-2 Publishing, Ihrem Verlag für historische Literatur!

Mehr von EK-2 Militär!

Was wäre, wenn die fähigsten deutschen Offiziere den Krieg nach ihren Vorstellungen geführt hätten? – Finden Sie es heraus mit der fesselnden Alternativweltserie „**Imperium Germanicum**"!

Begeben Sie sich auf eine einmalige Reise in jene Zeit, die die Schweiz, wie wir sie heute kennen, geformt hat. Tauchen Sie in die historische Mittelalterserie „**Die Nacht am Feuer**" ein!

Ihre Zufriedenheit ist unser Ziel!

Liebe Leser, liebe Leserinnen,

hat Ihnen unser Buch gefallen? Haben Sie Anmerkungen für uns? Kritik? Bitte zögern Sie nicht, uns zu schreiben. Wir werden jede Nachricht persönlich lesen und beantworten.

Schreiben Sie uns: info@ek2-publishing.com

Wussten Sie schon, dass Sie uns dabei unterstützen können, deutsche Militärliteratur sichtbarer zu machen? Bitte nehmen Sie sich einen Moment Zeit und bewerten Sie dieses Buch auf Amazon. Viele positive Rezensionen führen dazu, dass das Buch mehr Menschen angezeigt wird.

Sie können somit mit wenigen Minuten Zeitaufwand unserem kleinen Familienunternehmen einen großen Gefallen tun. Vielen Dank für Ihre Unterstützung!

PS: In seltenen Fällen kommt ein Buch beschädigt beim Kunden an. Bitte zögern Sie in diesem Fall nicht, uns zu kontaktieren. Selbstverständlich ersetzen wir Ihnen das Buch kostenlos.

Impressum

Eine Veröffentlichung der EK2-Publishing GmbH
Friedensstraße 12, 47228 Duisburg
Handelsregisternummer: HRB 30321
Geschäftsführerin: Monika Münstermann

E-Mail: info@ek2-publishing.com
Website: www.ek2-publishing.com

Autor: Alfred Wallon
Cover/Umschlag: Mario Heyer
Lektorat: Eduard Krisan
Buchsatz: Eduard Krisan

1. Auflage, September 2024

Made in the USA
Monee, IL
08 July 2026